天生我材必有用

少年讀古詩

人人出版

編者序

詩，用精粹而富節奏的語言文字來表現美感、抒發情緒，因此在不同的年紀閱讀時，都能以不同的心境和閱歷，產生不同的感悟。唐朝無疑是中國文學史上最濃烈飽滿，亦最大肆綻放的時代，讀唐詩不但可依序從中窺看歷史走過的痕跡，亦可從文字中飽讀作者人生歷練，親近文學，不需要任何理由。

本書以人人讀經典系列的「好讀、好念、好記」為原則，選出許多貼近現代人生活的作品，希望能讓孩子在未來的片刻，仰望滿天星斗時想起「不敢高聲語，恐驚天上人」而會心一笑；又或在看見飛鳥橫過眼前時，自然聯想「驚飛遠映碧山去，一樹梨花落晚風」；於綿綿春雨之時，感受「天街小雨潤如酥，草色遙看近卻無」等情境，從生活中處處感受文學之美。

另外，也特別選了作品背後有小故事的詩，如賈島〈題李凝幽居〉、宣宗宮人〈紅葉詩〉、錢起〈省試湘靈鼓瑟〉等，希望能為讀者在閱讀時多增加一點樂趣。最後以李白〈將進酒〉：「天生我材必有用」做為書名，請少年們保持初心，縱情享受未來的無限可能性。

【目錄】

天生我材必有用

少年讀古詩

❖ 高適

❖ 李白

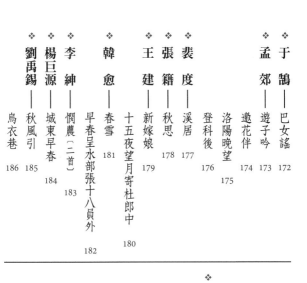

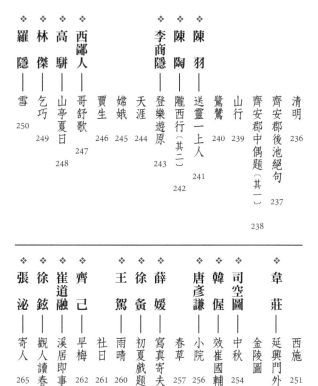

卷四◎宋朝

卷五◎明清

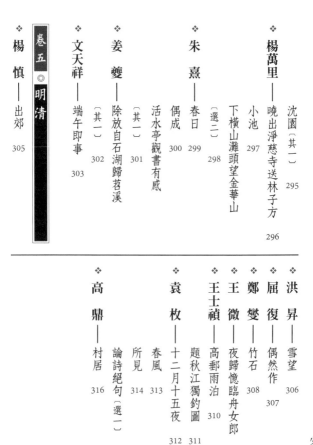

【卷一】

兩漢

采薇

詩經小雅

采薇采薇，薇亦作止。
曰歸曰歸，歲亦莫止。
靡室靡家，玁狁之故。
不遑啟居，玁狁之故。
采薇采薇，薇亦柔止。
曰歸曰歸，心亦憂止。
憂心烈烈，載飢載渴。
我戍未定，靡使歸聘。

薇—可食用的一種豆科植物，大巢菜的古稱。
作—發芽長出地面。
莫—同「暮」，一年又要過完。
靡—無。
玁狁—匈奴於周朝時的名稱。
不遑啟居—遑，閒暇。啟居指休整。
載—且、又。
使—捎信、傳話的人。
歸聘—帶回問候的音信。

采薇采薇，薇亦剛止。
曰歸曰歸，歲亦陽止。
王事靡盬，不遑啟處。
憂心孔疚，我行不來！
彼爾維何？維常之華。
彼路斯何？君子之車。
戎車既駕，四牡業業。
豈敢定居？一月三捷。
駕彼四牡，四牡騤騤。
君子所依，小人所腓。

陽—陽月為農曆十月的代稱，又稱小陽春。

王事靡盬—王事，指官差、徵役。盬，完結停止。

孔疚—孔，非常。疚，痛苦。

我行不來—來，回家。我不能回家。

「彼爾維何」二句—爾，薾的假借字，指花盛開貌。維何，是什麼。常為棠棣，薔薇科植物名。為那盛開的花是什麼？是棠棣的花朵。

「彼路斯何」二句—路同「輅」，指高大的馬車。君子此指將帥、將軍。意為那高大的馬車是什麼？是將軍的車子。

四牡業業—拉兵車的四匹雄馬很

四牡翼翼，象弭魚服。
豈不日戒？玁狁孔棘！
昔我往矣，楊柳依依。
今我來思，雨雪霏霏。
行道遲遲，載渴載飢。
我心傷悲，莫知我哀！

高大強壯的樣子。

捷—戰勝。

騤騤—馬強壯的樣子。

小人所腓—此小人指士兵。腓，隱蔽、迴避。士兵以兵車為掩護。

翼翼—健壯的樣子。

象弭魚服—象牙鑲飾的弓和魚皮製成的箭袋，此指精良的裝備。

棘—同「急」，緊急。

昔我往矣—往，從軍。當初我離家從軍的時候。

雨雪霏霏—雨作動詞，下雪。霏霏，雪花紛飛。

行道遲遲—遲遲，行走緩慢。回家的路很難走。

蓼莪

蓼蓼者莪，匪莪伊蒿。
哀哀父母，生我劬勞。
蓼蓼者莪，匪莪伊蔚。
哀哀父母，生我勞瘁。
瓶之罄矣，維罍之恥。
鮮民之生，不如死之久矣。
無父何怙？無母何恃？
出則銜恤，入則靡至。

詩經小雅

蓼莪—生長得美好的莪蒿，此用來表達父母對兒女的期盼。
蓼蓼—植物茁壯長大的樣子。
莪—植物名，即莪蒿，為多年生草本，四至七月間開花，也稱為「麥藍菜」、「王不留行」。
匪莪伊蒿—沒有生長成莪草，而是長成蒿草。匪，不是。
劬勞—辛苦的樣子。
蔚—植物名，為菊科艾屬，於夏、秋開花。俗稱為「牡蒿」。
瓶—酒瓶，此用作比喻父母。
罄—空。
罍—用來盛取酒或水的容器。此比喻兒女。
怙、恃—依靠。
銜恤—抱持的擔憂的心情。
靡至—彷彿沒有回到家。靡，沒有。

父兮生我，母兮鞠我。
撫我畜我，長我育我，
顧我復我，出入腹我。
欲報之德。昊天罔極！
南山烈烈，飄風發發。
民莫不穀，我獨何害！
南山律律，飄風弗弗。
民莫不穀，我獨不卒！

鞠—養育、照顧。
長—使我長大。
顧—顧念。
復—再三照料不忍離去。
出入—出門和回家，即隨時之意。
腹—此作懷抱之意。意即一直抱著我。
昊天罔極—父母的養育之恩如天空般廣闊偉大。昊天，遼闊的天空。罔，沒有。
烈烈—大風吹過的樣子。
發發—風勢強勁的樣子。
穀—此作養育之意，即別人沒有不被父母撫養長大。
害—此作失去父母之意。為何只有我遭受這樣的痛苦。
律律—山勢壯闊的樣子。
弗弗—風勢急遽的樣子。
卒—終止結束。只有我不能奉養父母到老。

長歌行

佚名

青青園中葵，朝露待日晞。
陽春佈德澤，萬物生光輝。
常恐秋節至，焜黃華葉衰。
百川東到海，何時復西歸？
少壯不努力，老大徒傷悲！

葵—葵菜，《詩經・七月》：「七月烹葵及菽」，在先秦時為人民主要食用蔬菜之一。

德澤—恩惠。

焜黃—焦黃色，形容草木衰敗。

華—同「花」。

「百川」二句—用河流東去比喻時間逝去，青春年華不再。

老大—年紀漸大。

徒—白白、浪費。

江南

江南可採蓮，蓮葉何田田，
魚戲蓮葉間。
魚戲蓮葉東，魚戲蓮葉西，
魚戲蓮葉南，魚戲蓮葉北。

漢樂府

田田—荷葉茂盛的樣子。

東西南北—借方位表達魚兒穿梭其中的快樂及自在。

【卷二】

魏晉南北朝

作蠶絲 ◎四首其二

春蠶不應老，晝夜常懷絲。
何惜微軀盡，纏綿自有時。

南北朝樂府

絲—為「思」的借代法，表情思不應絕。
何惜—不惜。
微軀盡—自己的生命逝去。
纏綿—用蠶吐絲之「綿密」表愛情濃烈之「纏綿」。

敕勒歌

敕勒川，陰山下。
天似穹廬，籠蓋四野。
天蒼蒼，野茫茫。
風吹草低見牛羊。

南北朝樂府

敕勒—中國北方種族之一，為匈奴人的苗裔。在現今山西、內蒙古一帶。
川—平原。
陰山—在今內蒙古境內。
穹廬—蒙古人所住的氈帳，中央隆起，四周下垂，形狀似天。
蒼蒼—深青色。
茫茫—茫然無邊的樣子。
見—同「現」，顯露。

七步詩

煮豆燃豆萁，豆在釜中泣。
本是同根生，相煎何太急？

曹植

七步詩—出自《世說新語・文學》：「文帝嘗令東阿王七步作詩，不成者行大法。」文帝即曹丕，與作者是兄弟。此詩亦有偽造之說。

豆萁—豆的莖部。

釜—用來烹飪的鐵鍋。

同根生—豆和豆萁本為一體，即曹植和曹丕本為兄弟，何須這樣自相殘殺。

煎—煎熬，比喻骨肉相殘迫害。

贈范曄

折花逢驛使，寄與隴頭人。
江南無所有，聊贈一枝春。

陸凱

驛使－傳遞公文、書信的人。
隴頭人－北方邊塞的朋友，指范曄。後世有成語「隴頭音信」代表書信之意。
聊－姑且。
一枝春－梅花，因人常用梅花作為春天的象徵，有禮輕情意重之意。

詠雪聯句

世說新語

謝太傅寒雪日內集，與兒女講論文義。俄而雪驟，公欣然曰：「白雪紛紛何所似？」兄子胡兒曰：「撒鹽空中差可擬。」兄女曰：「未若柳絮因風起。」公大笑樂。即公大兄無奕女，左將軍王凝之妻也。

出自劉義慶編《世說新語・言語篇》。

謝太傅—即謝安，為東晉著名政治家，當時四大家族王謝桓庾之一，死後追贈太傅。於淝水之戰大勝苻堅，功績卓越受人尊崇。

內集—家庭聚會。

俄而—短時間內。

差可擬—差不多就像這樣。差，大致可以。

兄女—為謝安大哥謝無奕的女兒，即謝道韞，東晉著名才女，後嫁與王凝之。

王凝之—字叔平，為書法名家王羲之的第二個兒子，亦工書法。

歸園田居

◎五首其三

陶淵明

種豆南山下，草盛豆苗稀。
晨興理荒穢，帶月荷鋤歸。
道狹草木長，夕露沾我衣。
衣沾不足惜，但使願無違。

南山—指廬山。

荒穢—指作物間的雜草。穢，髒。

晨、帶月—比喻自己日出而作，日落而歸的農作生活。

荷—作動詞用，揹著。

不足惜—不覺得可惜。

願無違—不違背本心與願望。

雜詩　◎十二首其一

陶淵明

人生無根蒂，飄如陌上塵。
分散逐風轉，此已非常身。
落地為兄弟，何必骨肉親！
得歡當作樂，斗酒聚比鄰。
盛年不重來，一日難再晨。
及時當勉勵，歲月不待人。

根蒂—植物的根及瓜果的柄。比喻事物的根基或基礎。
陌—道路。
逐—跟著。
非常身—非過去的自己。
得歡—即時作樂。
斗—酒器。
比鄰—近鄰。
盛年—青壯年。

飲酒 ◎二十首其五

陶淵明

結廬在人境，而無車馬喧。
問君何能爾？心遠地自偏。
採菊東籬下，悠然見南山。
山氣日夕佳，飛鳥相與還。
此中有真意，欲辨已忘言。

結廬—建造房屋，此指住在這裡。
人境—塵世。
車馬喧—比喻世俗交往的喧擾。
君—作者自己。
爾—這樣。
心遠—心境已經遠離。
東籬—東邊的竹籬，後人多指菊圃。
南山—廬山。
山氣—山中的天氣。
日夕—傍晚。
還—飛鳥歸巢。
真意—人生的真正意義，想如鳥般知途而返。
忘言—言語無法表達其真意。

人日思歸

薛道衡

入春才七日，離家已二年。
人歸落雁後，思發在花前。

才—僅。透露出作者似乎度日如年，數著日子的焦慮苦悶。
落雁—大雁北飛的春季。
思發—打算回家的念頭。
花前—開花前。

【卷三】

唐朝

蟬

垂緌飲清露，流響出疏桐。
居高聲自遠，非是藉秋風。

虞世南

緌—古時帽帶打結後垂下的部分。垂緌指蟬的口器垂下宛如帽帶。
流響—連續不斷的蟬鳴聲。
疏桐—疏疏落落的梧桐樹。
非是—不用。
藉—同「借」。

禪宗偈 ◎二首

其一

神秀

身是菩提樹，心如明鏡台。
時時勤拂拭，勿使惹塵埃。

其二

慧能

菩提本無樹，明鏡亦非台。
本來無一物，何處惹塵埃。

明鏡—以有形的鏡照見無形的內心。

「時時勤拂拭」二句—透過不斷修行，除去人間因緣雜念等。禪宗五祖弘忍大師看完後評語：「依此偈修，免墮惡道；依此偈修，有大利益。」

「本來無一物」二句—心若本皆空，不染不著，所見萬物皆為空，就無所謂誘惑與執念了，何來塵埃之說，此偈境界更高。後慧能獲傳禪宗六祖。

詠鵝

鵝鵝鵝，曲項向天歌。
白毛浮綠水，紅掌撥清波。

駱賓王

曲項——彎著脖子。
綠水——清澈的水。

於易水送別

此地別燕丹，壯士髮沖冠。
昔時人已沒，今日水猶寒。

駱賓王

易水—其源頭出於河北省易縣境。《戰國策．燕策三》：「風蕭蕭兮易水寒，壯士一去兮不復還。」刺客荊軻於此處告別燕丹，要準備去刺殺秦始皇。

燕丹—戰國時燕國的太子，名丹。

沒—死，通「歿」。

汾上驚秋

蘇頲

北風吹白雲，萬里渡河汾。

心緒逢搖落，秋聲不可聞。

驚—心緒因秋天的衰亡之景感到驚心。

河汾—黃河與汾水的合稱。亦指兩河之間的區域，即今山西省西南部一帶。

搖落—草木凋亡掉落。

送兄

別路雲初起，離亭葉正稀。

所嗟人異雁，不作一行歸。

七歲女子

別路——分離的路。

嗟——感嘆。

人異雁——人不同於雁。

一行——大雁呈行列飛行。故兄弟過世稱雁行失序。

送杜少府之任蜀州

王勃

城闕輔三秦，風煙望五津。
與君離別意，同是宦遊人。
海內存知己，天涯若比鄰。
無為在歧路，兒女共沾巾。

少府──官職名，掌山海池澤之稅。

城闕──都城。

三秦──泛指長安附近。

五津──泛指蜀地。

宦遊──在外做官、求官。

海內──四海之內。

存──掛念。

比──靠近。

無為──不要。

歧路──岔路。

「兒女」句──如男女分離般哭啼。

渡漢江

嶺外音書絕，經冬復歷春。
近鄉情更怯，不敢問來人。

宋之問

漢江—漢水，長江最大支流。

嶺外—五嶺以南的廣東省廣大地區，通稱嶺南，常為唐代罪臣的流放地。作者在唐中宗時被貶為瀧州參軍，隔年冒險逃回洛陽。

音書—信件。

絕—中斷，因路途遙遠不便傳信。

怯—害怕。

苑中遇雪應制

宋之問

紫禁仙輿詰旦來，青旂遙倚望春臺。
不知庭霰今朝落，疑是林花昨夜開。

應制—奉皇帝之命令所作的詩文。

紫禁—舊以紫微垣星座比喻帝居，所以稱皇宮為「紫禁」。

仙輿—仙人所乘駕的馬車。

詰旦—早晨。

青旂—青色的旗幟。

霰—空氣遇冷形成的小冰點，會在降雪前落下。

回鄉偶書 ◎二首其一

賀知章

少小離家老大回，鄉音無改鬢毛衰。
兒童相見不相識，笑問客從何處來。

少小—年紀小的時候。
老大—年紀大。
鬢毛衰—兩側鬢毛已斑白稀疏。

登幽州臺歌

前不見古人，後不見來者。
念天地之悠悠，獨愴然而涕下。

陳子昂

幽州臺—傳說戰國燕昭王築黃金台（幽州臺）招攬賢才，於現今北京西南。

古人—同燕昭王般的賢君。

悠悠—悠長無窮的樣子。

愴然—悲傷的樣子。

涕—眼淚。

桃花谿

張旭

隱隱飛橋隔野煙，石磯西畔問漁船。
桃花盡日隨流水，洞在清溪何處邊。

隱隱—不清楚的樣子。
煙—民家的炊煙。
石磯—河流中露出的石堆。
洞—此處指〈桃花源記〉中仙境的入口。

望月懷遠

張九齡

海上生明月，天涯共此時。
情人怨遙夜，竟夕起相思。
滅燭憐光滿，披衣覺露滋。
不堪盈手贈，還寢夢佳期。

怨—埋怨。
竟夕—整夜。
滅燭—因室內盈滿月光，不需點燭。
憐—愛惜。
光—月光。
露滋—因露水而潮濕。
盈手—雙手捧拾。
還寢—重新入眠。
佳期—兩人相會的美好時光。

涼州詞

王翰

葡萄美酒夜光杯，欲飲琵琶馬上催。
醉臥沙場君莫笑，古來征戰幾人回？

涼州詞—多用來書寫邊塞題材，不一定真的指涼州。

夜光杯—用美玉製成的酒杯。

催—催人出征。

登鸛雀樓

王之渙

白日依山盡，黃河入海流。
欲窮千里目，更上一層樓。

鸛雀樓—與黃鶴樓、岳陽樓、滕王閣被並稱為中國古代四大歷史文化名樓，位於現今山西省。

窮—盡。

出塞

王之渙

黃河遠上白雲間，一片孤城萬仞山。
羌笛何須怨楊柳，春風不度玉門關。

萬仞—形容山很高。
羌笛—傳說笛子是古代羌族人製造。
楊柳—柳諧音「留」。
玉門關—位今甘肅省敦煌縣西南，是以前通往西域的門戶。

送別

王之渙

楊柳東風樹，青青夾御河。
近來攀折苦，應為別離多。

青青—碧綠的成排柳樹。

攀折—因柳諧音「留」，故古人送別時多攀折柳枝。

次北故山下

王灣

客路青山外，行舟綠水前。
潮平兩岸闊，風正一帆懸。
海日生殘夜，江春入舊年。
鄉書何處達？歸雁洛陽邊。

次—到達。
北故山—位於江蘇鎮江市區東北長江邊。
風正—順風。
懸—掛上帆。
海日—日從海上升起。
江春—江南的春天。
歸雁—當春天來到時，大雁飛往北方。希望家書能藉由大雁北飛捎回家鄉。

題破山寺後禪院

常建

清晨入古寺，初日照高林。
曲徑通幽處，禪房花木深。
山光悅鳥性，潭影空人心。
萬籟此俱寂，唯聞鐘磬音。

破山寺—即福興寺，今江蘇省常熟市北。

曲徑—作者原寫為「竹徑」，宋人後引用為曲徑廣為流行。

空—環境幽靜使心靈沉澱。

萬籟—泛指萬物的聲音。籟，孔竅所發出來的聲音。

磬—用來敲鐘的器具。

春怨

打起黃鶯兒，莫教枝上啼。
啼時驚妾夢，不得到遼西。

金昌緒

打—用彈弓射鳥。

遼西—遼河以西的地區，當時為唐與契丹作戰的地方。

金陵晚望

高蟾

曾伴浮雲歸晚翠，猶陪落日泛秋聲。
世間無限丹青手，一片傷心畫不成。

無限—無限多個。
丹青—原為顏料之意，此指畫家。
畫不成—即使畫家技藝高超，也無法描繪出抽象的悲傷，或言悲傷至深，連畫家也畫不出。

宿建德江

移舟泊煙渚，日暮客愁新。
野曠天低樹，江清月近人。

孟浩然

泊—住。
煙渚—瀰漫霧氣的小洲。
客愁新—旅途中平添新的憂愁。
曠—寬廣。
清—江面清澈。也與作者心境相映襯。

春曉

春眠不覺曉，處處聞啼鳥。
夜來風雨聲，花落知多少。

孟浩然

不覺—沒有發覺。
曉—破曉，天亮了。
啼鳥—鳥雀的鳴叫聲，表示天氣已開始放晴。

過故人莊

故人具雞黍，邀我至田家。
綠樹村邊合，青山郭外斜。
開軒面場圃，把酒話桑麻。
待到重陽日，還來就菊花。

孟浩然

故人—老朋友。
具—準備。
雞黍—以雞作菜，以黍作飯，指招待賓客的家常菜餚。此處暗用「范張雞黍」的典故。
合—環繞。
郭—城牆外再築一道城牆。
軒—窗戶。
場圃—放置蔬果農作的地方。
把—手拿著。
桑麻—泛指農事。
重陽日—農曆九月初九為重陽節。
就—親近。
菊花—為觀賞菊花或飲菊花酒之意。

初秋

孟浩然

不覺初秋夜漸長，清風習習重淒涼。
炎炎暑退茅齋靜，階下叢莎有露光。

習習—微風輕拂。
重—再次。
莎—一種草本植物。
露光—露水。

望洞庭湖贈張丞相

孟浩然

八月湖水平，涵虛混太清。
氣蒸雲夢澤，波撼岳陽城。
欲濟無舟楫，端居恥聖明。
坐觀垂釣者，徒有羨魚情。

洞庭湖—湖泊名，位於湖南省北部，夏季水量較多。

張丞相—即張九齡，為唐玄宗時名相，亦為知名詩人。

涵虛—水氣瀰漫的樣子。

太清—指天空。

氣—水氣。

雲夢澤—位於湖北省東南部，長江、漢水間一帶地區，為古代雲夢大澤的湖底。

撼—震動，比喻水勢壯闊浩大。

岳陽城—即岳陽樓，建於洞庭湖側，是江南三大名樓之一。

濟—渡河。比喻想做官卻無人引薦。

端居—閑居在家。

恥聖明—謂當今盛世清明，自己卻不能有所作為，故以自己為恥。

徒有—空有。

羨魚情—羨慕別人可以受薦入仕。

古從軍行

李頎

白日登山望烽火，黃昏飲馬傍交河。
行人刁斗風沙暗，公主琵琶幽怨多。
野雲萬里無城郭，雨雪紛紛連大漠。
胡雁哀鳴夜夜飛，胡兒眼淚雙雙落。
聞道玉門猶被遮，應將性命逐輕車。
年年戰骨埋荒外，空見蒲桃入漢家。

行—古樂府的一種體裁。

烽火—邊境用來傳遞警報的設施。焚燒時多用狼糞，取其煙直而風吹不斜的優點，故又稱狼煙。

刁斗—古人打更用的銅器。

暗—因風沙揚塵而天色昏暗。

公主琵琶—典自漢武帝時和親的烏孫公主，在路上想家，胡人就彈琵琶給她聽。

玉門—指玉門關。

輕車—古代的戰車。

蒲桃—即葡萄。

漢家—用漢武帝的窮兵黷武諷刺唐太宗隨意發動戰爭的行徑，以古喻今。

送魏萬之京

李頎

朝聞遊子唱離歌，昨夜微霜初渡河。
鴻雁不堪愁裡聽，雲山況是客中過。
關城樹色催寒近，御苑砧聲向晚多。
莫見長安行樂處，空令歲月易蹉跎。

之—前往。

朝—早上。

鴻雁—大雁鳴聲哀悽，會使遊子更加傷心。

關城—指潼關。

樹色—另作「曙色」。

砧聲—搗衣服的聲音。

空—平白地。

蹉跎—浪費時間、虛度光陰。

芙蓉樓送辛漸

王昌齡

寒雨連江夜入吳，平明送客楚山孤。
洛陽親友如相問，一片冰心在玉壺。

連江—雨水和江面連成一片。
吳—泛指江蘇南部、浙江北部一帶。
平明—天亮時。
冰心、**玉壺**—皆用來比喻品格胸懷高潔。

閨怨

王昌齡

閨中少婦不知愁，春日凝妝上翠樓。
忽見陌頭楊柳色，悔教夫婿覓封侯。

凝妝—盛妝。
陌頭—路旁。
楊柳色—楊柳於春天翠綠，有「留」的含意，故引起少婦愁思。
教—使、讓。
覓封侯—求取功名。

出塞 ◎二首

王昌齡

秦時明月漢時關，萬里長征人未還。

但使龍城飛將在，不教胡馬度陰山。

騮馬新跨白玉鞍，戰罷沙場月色寒。

城頭鐵鼓聲猶振，匣裡金刀血未乾。

但使—假若、只要。

龍城飛將—為李廣的代稱，又稱飛將軍。

陰山—崑崙山的北支，山脈橫亙內蒙古，為中國北方的屏障。

騮馬—姿態美好的駿馬。

新—剛剛。

採蓮曲 ◎二首其二

王昌齡

荷葉羅裙一色裁，芙蓉向臉兩邊開。
亂入池中看不見，聞歌始覺有人來。

一色—同顏色，綠色羅裙與荷葉融為一體。
芙蓉—荷花的別名。
聞歌—聽到採蓮女的歌聲。
始覺—才發覺。

從軍行 ◎七首其四

王昌齡

青海長雲暗雪山，孤城遙望玉門關。
黃沙百戰穿金甲，不破樓蘭終不還。

青海──指青海湖。
雪山──指祁連山，終年積雪。
破──攻破。
樓蘭──漢時的西域國名。此處泛指唐西北地區常常侵擾邊境的少數民族政權。

鹿柴

王維

空山不見人，但聞人語響。
返景入深林，復照青苔上。

鹿柴—圈養鹿的柵欄，為王維輞川別墅的一景。

響—以人聲襯托山林之空靜。

返景—夕陽返照的光。

竹里館

王維

獨坐幽篁裡，彈琴復長嘯。
深林人不知，明月來相照。

幽篁—幽深的竹林。

長嘯—長聲吟嘯。

送別

王維

山中相送罷，日暮掩柴扉。
春草明年綠，王孫歸不歸？

罷—結束。送走了朋友。
日暮—傍晚。
柴扉—木製的門。
王孫—一般指貴族子弟，這裡指友人。

相思

王維

紅豆生南國，春來發幾枝。
願君多采擷，此物最相思。

相思──題名又作「相思子」。
采擷──摘取。

雜詩◎十二首其一

君自故鄉來，應知故鄉事。
來日綺窗前，寒梅著花未？

王維

綺窗──華美的窗子。
著花未──花開了沒有。

山居秋暝

空山新雨後，天氣晚來秋。
明月松間照，清泉石上流。
竹喧歸浣女，蓮動下漁舟。
隨意春芳歇，王孫自可留。

王維

暝─天黑。

新─剛剛。

喧─喧嘩，從竹林傳來的喧鬧。

浣女─河邊洗衣服的女子。

歇─消散。

「隨意」二句─反用《楚辭・招隱士》：「王孫兮歸來，山中兮不可久留」之意，選擇可留可不留足見作者胸懷，也透漏作者傾慕山中自然生活。

終南別業

王維

中歲頗好道，晚家南山陲。
興來每獨往，勝事空自知。
行到水窮處，坐看雲起時。
偶然值林叟，談笑無還期。

終南別業—作者於終南山的別墅。

中歲—中年。

道—這裡指佛理。

陲—邊緣，旁邊。

勝事—好事、快樂的事。

空—只。

自知—佛理只能自己領會，無法言說。

「**行到**」二句—能泰然領悟萬事變化之無窮，一切隨興而來，盡興而去。

值—碰到。

林叟—山中老翁。

鳥鳴澗

人閒桂花落，夜靜春山空。
月出驚山鳥，時鳴春澗中。

王維

桂花—有春桂花和秋桂花，此為春桂花。
驚—驚動。因驚動鳥兒，襯托出月亮皎潔明亮。

春中田園作

王維

屋上春鳩鳴，村邊杏花白。
持斧伐遠揚，荷鋤覘泉脈。
歸燕識故巢，舊人看新曆。
臨觴忽不御，惆悵遠行客。

遠揚—又長又高的桑枝。《詩經·豳風·七月》：「蠶月條桑，取彼斧斨，以伐遠揚。」

覘—查找。

泉脈—地下的泉眼。

「歸燕」二句—去年曾來訪過的燕子找到了牠舊時的巢窩，代表時間卻又過了一年，但遠行客卻還沒回來。

臨觴—正要準備喝酒。觴，此指酒杯。

御—這裡是飲用的意思。

輞川閒居贈裴秀才迪

王維

寒山轉蒼翠，秋水日潺湲。
倚杖柴門外，臨風聽暮蟬。
渡頭餘落日，墟里上孤煙。
復值接輿醉，狂歌五柳前。

輞川——水名，在今陝西終南山下。
裴迪——詩人，王維的好友。
潺湲——水緩緩流動的聲音。
墟里——村落。
值——遇到。
接輿——春秋時楚國隱士，此喻裴迪。
五柳——晉代文學家陶淵明，自號五柳先生，此作者自喻。

觀獵

王維

風勁角弓鳴，將軍獵渭城。
草枯鷹眼疾，雪盡馬蹄輕。
忽過新豐市，還歸細柳營。
回看射鵰處，千里暮雲平。

鳴—獵弓射出箭後弦震盪的聲音。

疾—獵鷹眼光銳利。

新豐市—位於陝西省臨潼縣東北。秦朝時稱為驪邑，因漢高祖之父太上皇思念故鄉，高祖便仿故鄉豐邑街的格局樣子，改築驪邑，並改其名為「新豐」。

細柳營—漢代將軍周亞夫所屯軍營，軍紀森嚴。在此比喻打獵駐紮的兵營。

使至塞上

ㄓˋ ㄙㄞ ㄕㄤ

王維

ㄨㄟˊ

單ㄉㄢ車ㄔㄜ欲ㄩˋ問ㄨㄣˋ邊ㄅㄧㄢ，屬ㄕㄨˇ國ㄍㄨㄛˊ過ㄍㄨㄛˋ居ㄐㄩ延ㄧㄢˊ。

征ㄓㄥ蓬ㄆㄥˊ出ㄔㄨ漢ㄏㄢˋ塞ㄙㄞ，歸ㄍㄨㄟ雁ㄧㄢˋ入ㄖㄨˋ胡ㄏㄨˊ天ㄊㄧㄢ。

大ㄉㄚˋ漠ㄇㄛˋ孤ㄍㄨ煙ㄧㄢ直ㄓˊ，長ㄔㄤˊ河ㄏㄜˊ落ㄌㄨㄛˋ日ㄖˋ圓ㄩㄢˊ。

蕭ㄒㄧㄠ關ㄍㄨㄢ逢ㄈㄥˊ候ㄏㄡˋ騎ㄑㄧˊ，都ㄉㄨ護ㄏㄨˋ在ㄗㄞˋ燕ㄧㄢ然ㄖㄢˊ。

使——出使，此詩為王維初至涼州任節度判官時所做，當時奉命去慰問任河西節度使的崔希逸。

單車——單車出行，沒有隨從。

屬國——附屬於唐的少數民族政權。

居延——在今甘肅省張掖縣西北，當時的西北邊塞。

征蓬——隨風飛揚的蓬草。

孤煙——即狼煙，邊塞用來報信傳達的訊號。

候騎——騎馬的偵查兵。

都護——官職名，管理邊境事務的官員，此指崔希逸。

燕然——燕然山，為戰爭前線的泛稱。

欒家瀨

颯颯秋雨中，淺淺石溜瀉。
跳波自相濺，白鷺驚復下。

王維

颯颯—形容風聲。
溜—水流而下。
跳波—激起水花。
驚—被水花驚嚇到而飛起。

九月九日憶山東兄弟

王維

獨在異鄉為異客，每逢佳節倍思親。

遙知兄弟登高處，遍插茱萸少一人。

九月九日—農曆九月九日為重陽節，又稱「踏秋」，習俗為登高、賞菊、放風箏、佩茱萸與敬老。

獨—獨自一人。

茱萸—據說在重陽節時將茱萸插在髮簪上，可以袪除邪氣、避免瘟疫。

積雨輞川莊作

王維

積雨空林煙火遲，蒸藜炊黍餉東菑。
漠漠水田飛白鷺，陰陰夏木囀黃鸝。
山中習靜觀朝槿，松下清齋折露葵。
野老與人爭席罷，海鷗何事更相疑。

輞川—現今陝西，王維晚年隱居在此。

煙火—民家炊煙。
餉—送食物給人。
菑—泛指農田。
漠漠—廣闊的樣子。
齋—茹素。

「野老」句—典自《莊子．雜篇．寓言》，作者不尋求名利，與世無爭。
「海鷗」句—典自《列子．黃帝篇》，表達作者除去機心塵念，回歸恬淡的心境。

渭城曲

王維

渭城朝雨浥輕塵，客舍青青柳色新。
勸君更盡一杯酒，西出陽關無故人。

渭城曲—又稱《陽關三疊》，三疊指的是第一句不重複，第二、三、四句每句唱兩遍。
浥—沾濕、濕潤。
客舍—旅館。
陽關—關名，位在現在的甘肅省敦煌西南。

薊門行 ◎五首其一

高適

邊城十一月，雨雪亂霏霏。
元戎號令嚴，人馬亦輕肥。

霏霏—形容雪花紛飛。

元戎—這裡指胡人的主帥。

送李少府貶峽中王少府貶長沙

高適

嗟君此別意何如，駐馬銜杯問謫居。
巫峽啼猿數行淚，衡陽歸雁幾封書。
青楓江上秋帆遠，白帝城邊古木疏。
聖代即今多雨露，暫時分手莫躊躇。

少府—官職名，唐代稱縣尉為少府。

謫居—被貶謫的地點。

巫峽—長江三峽之一，位於湖北省巴東縣西，江道狹隘，水流湍急。

衡陽—城市名，位於湖南省東南部。傳聞雁飛至此便歸。

白帝城—建於東漢，三國時蜀漢曾以此為防吳重地。

聖代—賢能的清明盛世。

雨露—比喻為君恩。

別董大 ◎二首其一

高適

千里黃雲白日曛，北風吹雁雪紛紛。
莫愁前路無知己，天下誰人不識君。

董大—唐玄宗時著名琴師董庭蘭，因在家中排行老大，故稱董大。

曛—昏暗不明的樣子。

知己—相互了解、感情深厚的好朋友。

識—賞識。

靜夜思

李白

床前明月光，疑是地上霜。
舉頭望明月，低頭思故鄉。

明月—李白原作山月，明人改月，經《唐詩三百首》和《千家詩》廣為流傳。

下終南山過斛斯山人宿置酒

李白

暮從碧山下，山月隨人歸。
卻顧所來徑，蒼蒼橫翠微。
相攜及田家，童稚開荊扉。
綠竹入幽徑，青蘿拂行衣。
歡言得所憩，美酒聊共揮。
長歌吟松風，曲盡河星稀。
我醉君復樂，陶然共忘機。

置酒—設宴請客。
暮—日落後。
顧—回顧。
所來徑—前來的路徑。
翠微—青翠的山巒。
荊扉—荊條編製的大門。
青蘿—藤蔓類植物。
拂—因植物垂落碰觸到衣服。
憩—放鬆、休息。
揮—舉杯飲酒。
陶然—怡然快樂的樣子。

上李邕

李白

大鵬一日同風起，扶搖直上九萬里。
假令風歇時下來，猶能簸卻滄溟水。
世人見我恆殊調，聞餘大言皆冷笑。
宣父猶能畏後生，丈夫未可輕年少。

上—上書。
李邕—字泰和，是註《文選》的李善之子，為著名的書法家。
大鵬—典自《莊子・逍遙遊》：「北冥有魚，其名為鯤。鯤之大，不知其幾千里也。化而為鳥，其名為鵬……鵬之徙於南冥也，水擊三千里，摶扶搖而上者九萬里。」李白自比為大鵬，懷有遠大志向，非泛泛之輩。
扶搖—憑藉大風。搖，由下而起的大旋風。
假令—假使。
簸—激起。
滄溟—大海。
殊調—異論，與世不同的言論。
大言—自命非凡。
宣父—即孔子，唐太宗年間下詔尊孔子為宣父。

畏——敬畏，出自《論語．子罕》：「後生可畏，焉知來者之不如今也！」
丈夫——指李邕。
輕——輕視、怠慢。

月下獨酌

李白

花間一壺酒，獨酌無相親。
舉杯邀明月，對影成三人。
月既不解飲，影徒隨我身。
暫伴月將影，行樂須及春。
我歌月徘徊，我舞影零亂。
醒時同交歡，醉後各分散。
永結無情遊，相期邈雲漢。

獨酌—獨自一人飲酒。
相親—親近之人。
三人—為作者、月、影子。

解—會、懂。
徒—只會。
將—與。
及春—把握良辰。

同交歡—一起歡樂。
無情—忘情。
相期—相約。
邈—遙遠的樣子。
雲漢—銀河、天上仙境。

渡荊門送別

李白

渡遠荊門外，來從楚國遊。
山隨平野盡，江入大荒流。
月下飛天鏡，雲生結海樓。
仍憐故鄉水，萬里送行舟。

荊門—山名，地勢險要，自古即有楚蜀咽喉之稱。

渡遠荊門外—從荊門外來，即蜀地。

從—來到。

江—長江。

大荒—遼闊的荒野。

月下—明月映入江水。

海樓—海市蜃樓，這裡形容雲霧形成江上雲霞之美。

憐—牽掛。

故鄉水—指從蜀地留來的長江水，因作者生於蜀地。

萬里—形容路途之遙遠。

行舟—比喻作者自己即將遠去。

送友人

李白

青山橫北郭，白水繞東城。
此地一為別，孤蓬萬里征。
浮雲遊子意，落日故人情。
揮手自茲去，蕭蕭班馬鳴。

郭—外城。
蓬—蓬草枯後隨風飛飄，此喻遊子離人。
茲—此。
蕭蕭—馬鳴聲。
班馬—離群的馬。這裡指載人離去的馬。

古風 ◎五十九首其九

李白

莊周夢胡蝶，胡蝶為莊周。
一體更變易，萬事良悠悠。
乃知蓬萊水，復作清淺流。
青門種瓜人，舊日東陵侯。
富貴故如此，營營何所求？

莊周夢蝶—出自於《莊子·齊物論》：「昔者莊周夢為胡蝶，栩栩然胡蝶也，自喻適志與！不知周也。俄然覺，則蘧蘧然周也。」在夢中物我合一，無虛幻與現實的分別，本質上亦無差異。

「一體」句—萬事皆容易變化。更變，改變。

悠悠—悠長久遠的樣子。

蓬萊—為傳說中海上的仙島。

「青門」二句—秦朝的邵平曾任東陵侯，但朝代換改，秦滅亡後，便在長安城東種瓜為主。意喻人世變換難測，莫計較功名富貴。

營營—積極追求。

塞下曲 ◎六首其一

李白

五月天山雪，無花只有寒。
笛中聞折柳，春色未曾看。
曉戰隨金鼓，宵眠抱玉鞍。
願將腰下劍，直為斬樓蘭。

天山—唐時稱伊州、西州以北一帶山脈為天山。

折柳—古樂曲名。

看—出現。雖然已是春天，但因邊境環境困苦，沒有盎然春意。

金鼓—泛指銅鑼樂器，進軍時即鼓，退兵時鳴金。

「宵眠」句—連晚上睡覺都不離馬鞍，意指可以隨時備戰。

子夜四時歌

◎秋歌

李白

長安一片月，萬戶擣衣聲。
秋風吹不盡，總是玉關情。
何日平胡虜，良人罷遠征。

子夜歌—樂府吳聲歌曲，相傳晉時女子名子夜者造此聲，後人更為四時行樂之詞，謂之子夜四時歌。因起於吳地，也稱為「子夜吳歌」。

玉關—比喻邊關。

平—平定。

胡虜—泛指侵擾邊境的敵人。

罷—結束。謂丈夫何時能結束遠征歸來。

秋浦歌 ◎十七首選二

李白

其十四

爐火照天地，紅星亂紫煙。
赧郎明月夜，歌曲動寒川。

其十五

白髮三千丈，緣愁似個長。
不知明鏡裡，何處得秋霜。

秋浦—縣名，盛產銅器。

爐火—冶鑄銅器的爐火。

紅星—飛濺的銅水。

赧郎—被爐火映紅的工匠。

三千丈—此處用了誇飾法，言愁之深，非實指。

緣—原因、因為。

個—這個。

秋霜—指白髮如霜。

訪戴天山道士不遇

犬吠水聲中，桃花帶露濃。
樹深時見鹿，溪午不聞鍾。
野竹分青靄，飛泉掛碧峰。
無人知所去，愁倚兩三松。

李白

「犬吠」句—狗吠聲夾雜於水聲淙淙中。

樹深—樹林深處。

靄—山中雲氣。

勞勞亭

李白

天下傷心處，勞勞送客亭。
春風知別苦，不遣柳條青。

勞勞亭—位江蘇省，為古時送別之處。

柳條青—因古時離別習慣折柳送別，故作者希望春風不要讓柳樹轉青，能讓離別之苦晚點到來。

題峰頂寺

危樓高百尺，手可摘星辰。
不敢高聲語，恐驚天上人。

李白

危樓—高樓。
高聲—大聲。
天上人—因山寺高聳，似鄰近天界。

秋登宣城謝脁北樓

李白

江城如畫裡，山晚望晴空。
兩水夾明鏡，雙橋落彩虹。
人煙寒橘柚，秋色老梧桐。
誰念北樓上，臨風懷謝公。

謝脁北樓—即謝脁樓，為南朝謝脁任太守時所建。

兩水—指宛溪、句溪。兩溪上分別有鳳凰橋和濟川橋，與水中倒影合如明鏡。

人煙—民家的炊煙。

「人煙」句—橘樹柚林掩罩在炊煙中，此景讓人感到秋天的寒意。

謝公—即謝脁。

送孟浩然之廣陵

李白

故人西辭黃鶴樓，煙花三月下揚州。
孤帆遠影碧空盡，唯見長江天際流。

之──作動詞用，前往。

黃鶴樓──今湖北武漢長江邊，相傳仙人王子安駕鶴經過此處得名。

煙花──形容春天花氣如煙。

三月──指暮春。

唯見──只見。

早發白帝城

李白

朝辭白帝彩雲間，千里江陵一日還。

兩岸猿聲啼不住，輕舟已過萬重山。

發——出發。

辭——辭別、離開。

白帝城——位於四川奉節瞿塘峽口江岸，相傳西漢末年公孫述據地建都。

一日還——以誇飾法形容船速輕快。

啼不住——不停啼叫。

金陵酒肆留別

李白

風吹柳花滿店香，吳姬壓酒喚客嘗。
金陵子弟來相送，欲行不行各盡觴。
請君試問東流水，別意與之誰短長。

金陵—為南京的舊稱。
留別—送別。
香—酒香。
吳姬—吳地的青年女子，在此指女服務生。
壓酒—釀酒至將熟時，壓榨取汁。
子弟—年輕人，為李白的朋友。
欲行不行—言其不捨離去。
盡觴—喝盡杯裡的酒。

宣州謝脁樓餞別校書叔雲

李白

棄我去者，昨日之日不可留。
亂我心者，今日之日多煩憂。
長風萬里送秋雁，對此可以酣高樓。
蓬萊文章建安骨，中間小謝又清發。
俱懷逸興壯思飛，欲上青天覽明月。
抽刀斷水水更流，舉杯消愁愁更愁。
人生在世不稱意，明朝散髮弄扁舟。

校書—官職名，即祕書省校書郎，掌管圖書整理工作。
酣—盡情喝酒。
蓬萊—這裡指東漢時藏書的東觀。
建安骨—指漢末建安年間，三曹與建安七子形成的文風，剛健明朗，慷慨悲涼。
小謝—指謝脁，字玄暉，後人將他與謝靈運並稱為大謝和小謝。謝脁樓便是他任宣州太守時所建，又名北樓、謝公樓，後來改名為疊嶂樓。
清發—風格清新秀發。
逸興—飄逸豪放的情致。
壯思—雄心壯志。
覽—意同「攬」，摘取。
稱意—稱心如意。
散髮—古人多束髮而冠，此處將頭髮放下，代表不拘束，也意指不做官。
扁舟—小船，以此比喻歸隱江湖。

將進酒

李白

君不見，黃河之水天上來，
奔流到海不復回。
君不見，高堂明鏡悲白髮，
朝如青絲暮成雪。
人生得意須盡歡，莫使金樽空對月。
天生我材必有用，千金散盡還復來。
烹羊宰牛且為樂，會須一飲三百杯。
岑夫子，丹丘生。將進酒，杯莫停。

將進酒—樂府舊題，主題多為飲酒唱歌。將，請。

天上來—因為黃河源頭來自青海，地勢極高，像從天上來。

高堂—高大的廳堂。

青絲—黑髮。

得意—順心酣適。

還—再。

須—應當。

岑夫子、丹丘生—岑勳、元丹丘，兩人均為李白的好友。

與君歌一曲，請君為我傾耳聽。
鐘鼓饌玉不足貴，但願長醉不復醒。
古來聖賢皆寂寞，惟有飲者留其名。
陳王昔時宴平樂，斗酒十千恣讙謔。
主人何為言少錢？徑須沽取對君酌。
五花馬，千金裘。呼兒將出換美酒，
與爾同銷萬古愁。

與君—為君。
傾耳—另作「側耳」。
鐘鼓—富貴人家奏樂用的樂器。
饌玉—美食珍饈。
陳王—指陳思王曹植。
平樂—漢觀名，為漢代豪門貴族的娛樂場所。
恣—盡情。
讙謔—戲弄調笑。
徑須—只須。
沽—買。
五花馬—名貴的青白雜色的馬。
裘—皮裘。
爾—「你」的代稱。

登金陵鳳凰臺

李白

鳳凰臺上鳳凰遊，鳳去臺空江自流。
吳宮花草埋幽徑，晉代衣冠成古丘。
三山半落青天外，二水中分白鷺洲。
總為浮雲能蔽日，長安不見使人愁。

鳳凰臺—古台名，在現今江蘇省南京市鳳台山上。

吳宮—三國孫權建立政權時蓋的宮殿。

晉代—指東晉，南渡後建都於金陵。

「吳宮」二句—感慨歷史繁華終歸逝去。

衣冠—士大夫的代稱。

三山—山名，因山峰並列、南北相連。

白鷺洲—位於江蘇省江寧縣西南揚子江中。

為—因為。

浮雲—在此借指奸佞小人。

日—在此借指皇帝。

長安—借指朝廷和皇帝。當時李白人在金陵。

清平調 ◎三首

李白

雲想衣裳花想容，春風拂檻露華濃。
若非群玉山頭見，會向瑤臺月下逢。

一枝紅艷露凝香，雲雨巫山枉斷腸。
借問漢宮誰得似？可憐飛燕倚新妝！

清平調—唐教坊曲名，後用為詞牌。此時李白供奉翰林，唐玄宗攜楊貴妃賞花，李白醉中賦成三首，由李龜年歌之。

花想容—看到花就會想到美人的容顏，以此比喻楊貴妃的美貌。

露華濃—牡丹花上的露水晶瑩更顯花朵嬌豔。

群玉—傳說為西王母的住處。

瑤臺—仙人居住的地方。

紅艷—此指牡丹花，實則比喻楊貴妃。

雲雨巫山—用宋玉《高唐賦》楚王在高唐夢見巫山神女的故事。

枉—平白浪費。因楚王故事只是虛幻的。

可憐—令人憐愛的。

名花傾國兩相歡，長得君王帶笑看。

解釋春風無限恨，沉香亭北倚闌干。

飛燕—即趙飛燕，為西漢成帝的皇后，善歌舞，因體輕如燕，故稱為「飛燕」。

新妝—女子精心打扮後的妝容。

名花—珍貴的花，指牡丹。

傾國—傾國傾城的美貌，指楊貴妃。典自李延年〈佳人歌〉：「一笑傾人城，再笑傾人國。」

兩相歡—名貴的牡丹與楊貴妃的美貌互相襯托，相得益彰。

解釋—消除。

春夜洛陽城聞笛

李白

誰家玉笛暗飛聲，散入春風滿洛城。
此夜曲中聞折柳，何人不起故園情。

玉笛——笛子的美稱。

暗飛聲——聲音不知道從何處傳出。

洛城——為洛陽的別稱。

折柳——曲名，內容多哀戚離別。

望廬山瀑布 ◎二首其二

李白

日照香爐生紫煙，遙看瀑布掛前川。

飛流直下三千尺，疑是銀河落九天。

香爐—指廬山香爐峰，因其煙霧繚繞而得名。

掛—懸掛。

直下—形容水量豐沛強勁。

三千尺—以誇飾法形容山之高聳，非實指。

九天—古人認為天有九重，九為最高層，以此比喻瀑布落差很大。

贈汪倫

李白

李白乘舟將欲行，忽聞岸上踏歌聲。
桃花潭水深千尺，不及汪倫送我情。

汪倫—涇縣村民，曾寫信邀請李白到家裡作客，信中寫：「先生好遊乎？此處有十里桃花。先生好飲乎？此處有萬家酒店。」李白到後，納悶此處並無十里桃花，也無萬家酒店，汪倫以美酒待客時，笑說：「這是以十里外的桃花潭水釀製而成，萬家酒店為姓萬的店主所開。」李白大樂，連宿數日。

行—出發離開。

踏歌—邊踏步邊唱歌，為當時的風俗歌舞。

桃花潭—位現今安徽省，以深不可測著稱。

獨坐敬亭山

李白

眾鳥高飛盡，孤雲獨去閒。
相看兩不厭，只有敬亭山。

敬亭山—在今安徽宣城市西北。

盡、去—消失離開。

閒—悠閒自在的樣子。

相看—將山擬人，以山堅毅淡然的形象喻己。

長干行　◎二首

崔顥

君家何處住，妾住在橫塘。
停船暫借問，或恐是同鄉。
家臨九江水，來去九江側。
同是長干人，生小不相識。

長干行—樂府曲名，是長干里一帶的民歌。
橫塘—今江蘇南京江寧區。
暫—姑且。
借問—請問一下。
九江—泛指長江下游一帶。
臨—鄰近。
來去—常常往來。

黃鶴樓

崔顥

昔人已乘黃鶴去，此地空餘黃鶴樓。
黃鶴一去不復返，白雲千載空悠悠。
晴川歷歷漢陽樹，芳草萋萋鸚鵡洲。
日暮鄉關何處是？煙波江上使人愁。

黃鶴樓—據說李白登樓看到此詩，不禁佩服：「眼前有景道不得，崔顥題詩在上頭。」後來仿此詩作〈登金陵鳳凰台〉、〈鸚鵡洲〉。

昔人—傳說仙人子安曾在這裡駕鶴離去。

空—只。

白雲千載—因黃鶴樓引起對過去時空的感慨。

晴川—太陽照耀下的平原。

歷歷—清晰的樣子。

萋萋—草茂盛的樣子。

鄉關—家鄉。

田家雜興 ◎八首其一

儲光羲

種桑百餘樹，種黍三十畝。
衣食既有餘，時時會親友。
夏來菰米飯，秋至菊花酒。
孺人喜逢迎，稚子解趨走。
日暮閒園裡，團團蔭榆柳。
酩酊乘夜歸，涼風吹戶牖。
清淺望河漢，低昂看北斗。
數甕猶未開，明朝能飲否。

畝—計算面積的單位，一公畝等於一百平方公尺。

菰米—菰菜的種子，多年生植物生於淺澤，其幼嫩莖膨大，即筊白筍。

趨走—疾走。

戶牖—門窗。戶為門，牖為窗。

河漢—銀河的代稱。

北斗—天樞、天璇、天璣、天權、玉衡、開陽和搖光七顆星的合稱。因位北方，故又稱北斗七星。

江南曲 ◎四首其三

日暮長江裡，相邀歸渡頭。
落花如有意，來去逐船流。

儲光羲

日暮—落日時分。
渡頭—船停放的渡口。
「落花」二句—以花瓣隨水流旋繞船身的景象，比喻質樸的男女情意。

關山月

一雁過連營，繁霜覆古城。
胡笳在何處，半夜起邊聲。

儲光羲

連營—好幾個士兵駐紮處。
覆—籠罩。
胡笳—胡人的樂器。

早行

郭良

早行星尚在，數里未天明。
不辨雲林色，空聞風水聲。
月從山上落，河入斗間橫。
漸至重門外，依稀見洛城。

早行—很早出門。

空聞—因為天色尚黑，看不清楚，故只有耳聞。

斗—星斗。

省試湘靈鼓瑟

善鼓雲和瑟，常聞帝子靈。
馮夷空自舞，楚客不堪聽。
苦調悽金石，清音入杳冥。
蒼梧來怨慕，白芷動芳馨。
流水傳瀟浦，悲風過洞庭。
曲終人不見，江上數峰青。

錢起

《舊唐書．錢徽傳》載：「父起，天寶十年登進士第。起能五言詩。初從鄉薦，寄家江湖，嘗於客舍月夜獨吟，遽聞人吟於庭曰：「曲終人不見，江上數峰青。」起愕然，攝衣視之，無所見矣，以為鬼怪，而誌其一十字。起就試之年，李暐所試《湘靈鼓瑟詩》題中有「青」字，起即以鬼謠十字為落句，暐深嘉之，稱為絕唱。是歲登第。」

省試—唐代各縣貢試到京師赴試。此為考題。

湘靈—相傳為舜的妃子娥皇、女英，聽聞舜過世後，悲慟不已，投江自盡化為湘水之神。

鼓—彈奏。

雲和瑟—雲和，古山名。《周禮．

春官大司樂》：「雲和之琴瑟。」

帝子靈—屈原《九歌》：「帝子降兮北渚。」一般多認為帝子是堯女，即舜妻。

馮夷—指河伯，為著名的河神。

悽—為其淒側而感動。

金石—鐘磬等樂器。

杳冥—幽深不可見之處。

怨慕—思慕之心。

白芷—白色的小花。

洞庭—即洞庭湖，位於湖南省。

「曲終」二句—只聞其聲不見其人，只留下幽幽的蒼綠之景，結合神話留下一片裊裊不盡的想像空間。

歸雁

錢起

瀟湘何事等閒回，水碧沙明兩岸苔。

二十五弦彈夜月，不勝清怨卻飛來。

瀟湘—湖南省境瀟水與湘水的合稱。傳聞中瀟湘女神娥皇、女英會現身奏琴。

何事—為何。

回—大雁由南往北飛回故鄉。

二十五弦—因琴瑟有二十五弦，故代稱。指美好或悲傷的音樂。

不勝—受不了。

清怨—幽怨。

與趙莒茶宴

錢起

竹下忘言對紫茶，全勝羽客醉流霞。
塵心洗盡興難盡，一樹蟬聲片影斜。

紫茶—唐陸羽《茶經》云：「茶者，紫者為上。」

勝—以茶代酒，意趣勝過飲酒。

羽客—仙人。

流霞—為一種仙酒，意指美酒。

望嶽

杜甫

岱宗夫如何？齊魯青未了。
造化鍾神秀，陰陽割昏曉。
盪胸生層雲，決眥入歸鳥。
會當凌絕頂，一覽眾山小。

岱宗—泰山。

夫—此為古文句首虛詞，無實義。

齊魯—泰山的南邊為魯，北邊為齊。

青未了—指山色無窮無盡。

鍾—聚集。

陰陽—指山的北面和南面。

割—分成。

昏曉—黃昏和拂曉。這裡指天色的晦暗和晴朗。

決眥—睜大眼睛去看。

會當—一定要。

凌—登上。

贈衛八處士

杜甫

人生不相見，動如參與商。
今夕復何夕，共此燈燭光！
少壯能幾時？鬢髮各已蒼！
訪舊半為鬼，驚呼熱中腸。
焉知二十載，重上君子堂。
昔別君未婚，兒女忽成行。
怡然敬父執，問我來何方？
問答乃未已，驅兒羅酒漿。

衛八處士—杜甫友人，名不可考。
處士—指隱居不仕的人。
參與商—參星在西，商星在東，此起彼隱，永不相見。
「今夕」二句—今晚是個什麼樣的夜晚？竟然能與你共伴燭光。表達重逢的驚訝與喜悅。
蒼—灰白色。
訪舊—彼此打聽故舊親友。
半為鬼—一半已過世了。
熱中腸—心中熱辣辣的頗為難受。
成行—指兒女眾多。
父執—父親的摯友。
乃未已—還未等說完。

夜雨剪春韭，新炊間黃粱。
主稱會面難，一舉累十觴。
十觴亦不醉，感子故意長。
明日隔山岳，世事兩茫茫。

羅—張羅、擺出。
間—夾雜。
觴—酒杯。
累—接連。
故意—老交情。
山岳—指西嶽黃山。

春望

國破山河在，城春草木深。
感時花濺淚，恨別鳥驚心。
烽火連三月，家書抵萬金。
白頭搔更短，渾欲不勝簪。

杜甫

破—被攻破。
城—指長安。
草木深—因戰亂荒廢，草木叢生。
花濺淚—將花擬人，比喻花也因為感嘆時事而流淚。
鳥驚心—聽見鳥鳴更添離恨傷痛。
烽火—借代戰爭。
渾—簡直。
不勝簪—古人束髮戴冠，作者因頭髮少連簪子也插不住。

月夜憶舍弟

杜甫

戍鼓斷人行，邊秋一雁聲。
露從今夜白，月是故鄉明。
有弟皆分散，無家問死生。
寄書長不達，況乃未休兵。

戍鼓—古時守邊軍士所擊的鼓聲。

斷人行—宵禁。

「露從」句—指二十四節氣之一的白露。

長—一直。

況乃—更何況。

旅夜書懷

細草微風岸，危檣獨夜舟。
星垂平野闊，月湧大江流。
名豈文章著，官應老病休。
飄飄何所似，天地一沙鷗。

杜甫

危檣—高豎的船杆。

星垂—星空低垂，顯出平地寬闊。

月湧—月亮映入水面，跟著江水一起流去。

豈—豈是。

著—著名。

「名豈」二句—杜甫以文章知名，卻說並非如此，因被罷官卻說老病如此。顯出作者胸中別有抱負，並帶不平之氣。

飄飄—身無所依、徬徨的樣子。

春夜喜雨

杜甫

好雨知時節，當春乃發生。
隨風潛入夜，潤物細無聲。
野徑雲俱黑，江船火獨明。
曉看紅溼處，花重錦官城。

好雨—因春雨滋潤萬物，來得恰到好處。
乃—就。
潛—悄悄地，形容春雨細密。
潤物—滋養萬物。
野徑—城外的小徑。
火—漁火。
曉—天亮。
花重—花朵受過滋潤，飽含雨水。
錦官城—為成都的別名，因因織錦在錦江內洗濯更加鮮明，故取此名。

絕句 ◎二首

杜甫

遲日江山麗，春風花草香。
泥融飛燕子，沙暖睡鴛鴦。

江碧鳥逾白，山青花欲燃。
今春看又過，何日是歸年。

遲日—因春天到來白日較長。

麗—景色秀麗。

「泥融」二句—燕子啣泥築巢，鴛鴦棲於沙洲上。用動物習性勾勒出春天生機到來的景象。

逾—更。

燃—鮮紅如火焰。

前出塞 ◎九首其六

杜甫

挽弓當挽強，用箭當用長。
射人先射馬，擒賊先擒王。
殺人亦有限，列國自有疆。
苟能制侵陵，豈在多殺傷。

挽—拉。
強—強弓。
長—長箭。
「挽弓」四句—用弓、箭、人、馬四個例子，比喻事情應該先找出要害，才能解決問題。
疆—邊界。
制—阻止。
侵陵—侵犯。

江漢

江漢思歸客，乾坤一腐儒。
片雲天共遠，永夜月同孤。
落日心猶壯，秋風病欲疏。
古來存老馬，不必取長途。

杜甫

腐儒—本指迂腐的書生，此為作者自嘲之詞。

壯—凌雲壯志。

存—存養。

「不必取長途」—典自老馬識途的故事，是取用其智慧而非體力。

孤雁

杜甫

孤雁不飲啄，飛鳴聲念群。
誰憐一片影，相失萬重雲？
望盡似猶見，哀多如更聞。
野鴉無意緒，鳴噪自紛紛。

群—孤雁的同伴。

相失—失去彼此。

無意緒—不能體會孤雁的心情。

鳴噪—吵雜的鳴叫聲。

江南逢李龜年

杜甫

岐王宅裡尋常見，崔九堂前幾度聞。
正是江南好風景，落花時節又逢君。

李龜年—唐開元年間知名樂師，受唐玄宗賞識，安史之亂後流落至江南賣藝為生。

岐王、崔九—岐王為李範，唐玄宗之弟，以喜好雅樂著稱；崔九為崔滌，在家排行第九，官宦世家，門蔭入仕。李龜年皆曾出入兩人府邸演奏。

落花時節—既表示國事動盪，也點出兩人今昔對比，世事滄桑之感。

蜀相

杜甫

丞相祠堂何處尋，錦官城外柏森森。

映階碧草自春色，隔葉黃鸝空好音。

三顧頻煩天下計，兩朝開濟老臣心。

出師未捷身先死，長使英雄淚滿襟。

蜀相—即三國的諸葛亮。

錦官城—成都的別稱。

森森—茂密的樣子。

空—徒然。

三顧—典自劉備三顧茅廬。

煩—此作諮詢、請示諸葛亮意見。

兩朝—指劉備及劉禪兩朝。

捷—打勝仗。

客至

杜甫

舍南舍北皆春水，但見群鷗日日來。
花徑不曾緣客掃，蓬門今始為君開。
盤飧市遠無兼味，樽酒家貧只舊醅。
肯與鄰翁相對飲，隔籬呼取盡餘杯。

緣—因為。
蓬門—用蓬草編的門，形容居處簡陋。
盤飧—盤中的菜餚。
兼味—多種美味佳餚。
舊醅—隔年陳酒。
肯—能否允許。

聞官軍收河南河北

杜甫

劍外忽傳收薊北，初聞涕淚滿衣裳。
卻看妻子愁何在，漫卷詩書喜欲狂。
白日放歌須縱酒，青春作伴好還鄉。
即從巴峽穿巫峽，便下襄陽向洛陽。

劍南—地名，唐貞觀時所設十道之一。
收—此作平定叛軍之意。
薊北—為今河北北部地區，為安史之亂叛軍的根據地。
漫卷—隨意卷起。
放歌—高聲唱歌。
縱酒—盡情痛飲。
青春—春日之景。

登高

杜甫

風急天高猿嘯哀，渚清沙白鳥飛回。
無邊落木蕭蕭下，不盡長江滾滾來。
萬里悲秋常作客，百年多病獨登臺。
艱難苦恨繁霜鬢，潦倒新停濁酒杯。

渚—水中的小沙洲。

落木—落葉。

蕭蕭—草木飄落的聲音。

萬里—形容家鄉遙遠。

新停—剛剛停止。因杜甫晚年疾病纏身而戒酒。

登樓

杜甫

花近高樓傷客心，萬方多難此登臨。
錦江春色來天地，玉壘浮雲變古今。
北極朝廷終不改，西山寇盜莫相侵。
可憐後主還祠廟，日暮聊為梁甫吟。

玉壘—山名，位於四川。

北極朝廷—謂唐朝政權穩固，數度被鄰國侵犯仍不可動搖。

後主—即劉備的兒子劉禪，接替蜀政權後被曹魏所滅。

祠廟—祭祀先賢、祖先的廟宇。指蜀漢。

梁甫吟—內容記述春秋時代齊國宰相晏嬰以權謀幫助齊景公剷除功高震主三大功臣的故事。據説諸葛亮躬耕南陽時喜愛吟詠。

詠懷古蹟 ◎五首選三

杜甫

其二

搖落深知宋玉悲，風流儒雅亦吾師。
悵望千秋一灑淚，蕭條異代不同時。
江山故宅空文藻，雲雨荒臺豈夢思，
最是楚宮俱泯滅，舟人指點到今疑。

搖落—出自宋玉〈九辯〉：「悲哉，秋之為氣也！蕭瑟兮草木搖落而變衰。」將自身遭遇與景物連結，更深有體會。

宋玉—戰國時楚人，好辭而以賦見稱，與屈原合稱屈宋。

風流儒雅—形容其文采。

蕭條—寂寞冷清的樣子。

空—徒留。

雲雨荒臺—宋玉於〈高唐賦〉中曾留下楚懷王夢巫山神女的故事。

泯滅—滅亡。

舟人—漁人。

其三

群山萬壑赴荊門，生長明妃尚有村。
一去紫臺連朔漠，獨留青塚向黃昏。
畫圖省識春風面，環珮空歸月下魂。
千載琵琶作胡語，分明怨恨曲中論。

荊門—位湖北省西北方，地勢險要，為重要關塞。
明妃—即王昭君，本名王嬙，於漢元帝時和親給匈奴。因晉時避諱，改稱明妃。
朔漠—北方的沙漠。
青塚—泛指墳墓。據說昭君墓所在的蒙古一帶，草到秋天便會轉白凋零，唯昭君墓上草長青。
畫圖—取宮中畫匠毛延壽故意將昭君畫醜的典故。
省—曾經。
千載—千年。

其五

諸葛大名垂宇宙，宗臣遺像肅清高。
三分割據紆籌策，萬古雲霄一羽毛。
伯仲之間見伊呂，指揮若定失蕭曹。
運移漢祚終難復，志決身殲軍務勞。

諸葛—諸葛亮，字孔明，為三國蜀漢丞相，輔佐劉備建立政權，但可惜最後功業未成，鞠躬盡瘁而亡。

垂—流傳。

宇宙—泛指天地之間。

肅清高—為諸葛亮的高風亮節肅然起敬。

紆—屈，指不得施展。

籌策—謀劃布局。

「萬古」句—像鸞鳳獨步雲霄，高超難以企及。

伯仲之間—實力不分上下。

伊呂—伊尹和呂尚，商周的賢相。

失蕭曹—蕭何和曹參也為之遜色。

運—運數。

祚—帝位。

身殲—身死。

江畔獨步尋花 ◎七首其六

杜甫

黃四孃家花滿蹊，千朵萬朵壓枝低。
留連戲蝶時時舞，自在嬌鶯恰恰啼。

蹊——小徑。
留連——徘迴不去。
恰恰——狀聲詞，形容鳥鳴聲。

江村

杜甫

清江一曲抱村流，長夏江村事事幽。
自去自來樑上燕，相親相近水中鷗。
老妻畫紙為棋局，稚子敲針作釣鉤。
但有故人供祿米，微軀此外更何求？

江—錦江，在成都西郊的一段稱浣花溪。
曲—蜿蜒。
抱—環繞。
幽—幽靜。
祿米—官職配給的米。
微軀—作者自謙詞。

袍中詩

沙場征戍客，寒苦若為眠。
戰袍經手作，知落阿誰邊。
蓄意多添線，含情更著綿。
今生已過也，結取後生緣。

開元宮人

征戍客——在沙場征戰的士兵。
阿——詞頭，加在稱謂前。
蓄意——特意。

春山夜月

春山多勝事，賞玩夜忘歸。
掬水月在手，弄花香滿衣。
興來無遠近，欲去惜芳菲。
南望鳴鐘處，樓臺深翠微。

于良史

勝事—美好的事。
掬—以雙手捧著。
興—遊玩的興致。
惜—可惜、不捨。
翠微—蓊鬱的青山。

逢入京使

岑參

故園東望路漫漫，雙袖龍鍾淚不乾。

馬上相逢無紙筆，憑君傳語報平安。

入京使——回京城長安的使者。

故園——岑參故鄉。

龍鍾——形容涕泗縱橫的樣子。

馬上——騎在馬上。

憑——託付。

傳語——傳口信。

白雪歌送武判官歸京

岑參

北風捲地白草折，胡天八月即飛雪。
忽如一夜春風來，千樹萬樹梨花開。
散入珠簾溼羅幕，狐裘不暖錦衾薄。
將軍角弓不得控，都護鐵衣冷難著。
瀚海闌干百丈冰，愁雲慘淡萬里凝。
中軍置酒飲歸客，胡琴琵琶與羌笛。
紛紛暮雪下轅門，風掣紅旗凍不翻。
輪臺東門送君去，去時雪滿天山路。

武判官—名不詳。判官，官職名。

白草—邊地之草冬枯色白。

胡天—指塞北的天空。

梨花—春天開花，色白。這裡形容雪花積在樹枝上，像梨花開了一樣。

角弓—用動物的角製成的弓。

控—拉開。

都護—鎮守邊疆的官。

瀚海—大沙漠，此泛指西域地區。

闌干—縱橫交錯的樣子。

中軍—主帥統率的軍隊。

歸客—指武判官。

轅門—軍營門。此指帥衙署的大

山迴路轉不見君，雪上空留馬行處。

門。

掣——疾勁的風。

不翻——因結凍無法被風吹翻。

輪臺——在今新疆維吾爾自治區境內。

天山——今新疆境內。

磧中作

岑參

走馬西來欲到天，辭家見月兩回圓。
今夜不知何處宿，平沙萬里絕人煙。

磧—沙漠。
欲到天—指沙漠綿延不絕，似乎沒有盡頭。
兩回圓—已過兩個月。
絕—無。

春怨

劉方平

紗窗日落漸黃昏，金屋無人見淚痕。

寂寞空庭春欲晚，梨花滿地不開門。

金屋—相傳漢武帝幼時曾言，願築金屋藏其表妹阿嬌。此指婦人住的華屋。

早梅

張謂

一樹寒梅白玉條，迥臨村路傍溪橋。
不知近水花先發，疑是經冬雪未銷。

迥—遠離。
傍—鄰近。
發—開花。
雪未銷—以雪襯托梅花的高潔品格。

楓橋夜泊

張繼

月落烏啼霜滿天，江楓漁火對愁眠。
姑蘇城外寒山寺，夜半鐘聲到客船。

楓橋——今蘇州市閶門外。

漁火——漁船上的燈火。

對愁眠——因愁思而無法入睡。

寒山寺——相傳高僧寒山居此而得名。

夜半鐘聲——吳中僧寺常有夜半鳴鐘，謂之定夜鐘。

送靈澈

劉長卿

蒼蒼竹林寺，杳杳鐘聲晚。
荷笠帶斜陽，青山獨歸遠。

靈澈—唐著名僧人，與皎然齊名。

蒼蒼—綠意盎然。

杳杳—遠處的樣子。

荷—戴。

逢雪宿芙蓉山主人

劉長卿

日暮蒼山遠，天寒白屋貧。
柴門聞犬吠，風雪夜歸人。

蒼山—青山。
白屋—用白茅草搭建的房子，多指貧苦人家。

長沙過賈誼宅

劉長卿

三年謫宦此棲遲，萬古惟留楚客悲。
秋草獨尋人去後，寒林空見日斜時。
漢文有道恩猶薄，湘水無情弔豈知。
寂寂江山搖落處，憐君何事到天涯。

賈誼—漢代著名文學家兼政論家，出為長沙王太傅，後世稱「賈長沙」、「賈太傅」。

謫宦—被貶謫的官。

棲遲—滯留。

楚客—因長沙舊屬楚地，故稱，後世多用來比喻不得志的文人。

漢文—指漢文帝。

薄—薄情。

湘水—賈誼過湘水時，曾作〈弔屈原賦〉抒發哀思。

搖落處—秋草搖落引起作者悲戚懷古之情。

寒食

韓翃

春城無處不飛花，寒食東風御柳斜。
日暮漢宮傳蠟燭，輕煙散入五侯家。

寒食—寒食節，為紀念介之推，在清明節前兩天禁火，只吃冷食。

花—飛揚的柳絮。

傳蠟燭—雖然禁火，但權貴寵臣仍能分得皇宮賞賜的蠟燭。

五侯—指漢成帝母舅王譚、王根、王立、王商、王逢時，因同日封侯故號為五侯。這裡泛指天子近臣、貴族。

江村即事

司空曙

釣罷歸來不繫船，江村月落正堪眠。

縱然一夜風吹去，只在蘆花淺水邊。

即事—因景有感而即興創作。

釣罷—釣完魚。

繫—將船用繩子綁在樁柱上，以免船隨水流而去。

秋夜寄邱員外

韋應物

懷君屬秋夜，散步詠涼天。
空山松子落，幽人應未眠。

落——掉落。呼應秋天凋零的季節感。
幽人——指邱員外。
「空山」二句——表達良夜對友人的懷想。

淮上遇洛陽李主簿

韋應物

結茅臨古渡，臥見長淮流。
窗裡人將老，門前樹已秋。
寒山獨過雁，暮雨遠來舟。
日夕逢歸客，那能忘舊遊。

淮上—淮河邊，淮河流經今河南、安徽、江蘇三省。

李主簿—即李瀚。主簿為官職名，主管文書簿籍及印鑑。

渡—渡口，為搭船渡河的地方。

遠來舟—指碰到李瀚一事。

話舊

存亡三十載，事過悉成空。

不惜霑衣淚，併話一宵中。

韋應物

載—計算時間的單位，為一年。

悉—都。

一宵—徹夜。

滁州西澗

韋應物

獨憐幽草澗邊生，上有黃鸝深樹鳴。
春潮帶雨晚來急，野渡無人舟自橫。

澗──山間的流水。

獨憐──特別憐愛。

春潮──春天潮水氾濫。
野渡──無人管理的渡口。
橫──隨意漂浮。

寄李儋元錫

韋應物

去年花裡逢君別，今日花開又一年。
世事茫茫難自料，春愁黯黯獨成眠。
身多疾病思田里，邑有流亡愧俸錢。
聞道欲來相問訊，西樓望月幾回圓。

李儋、元錫—皆為作者友人。
黯黯—心神黯淡的樣子。
田里—百姓的田地住宅。
邑—所管轄的地區。
流亡—流亡的難民。
愧—愧對。
幾回圓—過了數月。表達作者期待友人來訪的心情。

塞下曲 ◎四首選二

盧綸

其二

林暗草驚風，將軍夜引弓。
平明尋白羽，沒在石棱中。

其三

月黑雁飛高，單于夜遁逃。
欲將輕騎逐，大雪滿弓刀。

驚風—突然被風吹動。
引弓—拉弓。
平明—天剛亮。
白羽—箭尾的白色鳥羽。
石棱—石塊的邊角。
月黑—沒有月光。
單于—漢代匈奴人對其君主的稱呼，泛指外族首領。
輕騎—輕裝速行的騎兵。
逐—追趕。
滿—沾滿。

贈別司空曙

盧綸

有月曾同賞，無秋不共悲。
如何與君別，又是菊花時。

司空曙—字文明，與盧綸同為大曆十才子之一，官至虞部郎中，為唐朝著名詩人。

無秋不共悲—連秋天也一起同悲。

塞上曲 ◎二首其二

戴叔倫

漢家旌幟滿陰山，不遣胡兒匹馬還。
願得此身長報國，何須生入玉門關。

陰山—自漢武帝伐匈奴得此山後，為中國歷代北方的屏蔽。

不遣—不讓。

「何須」句—引用漢班超句：「不敢望到酒泉郡，但願生入玉門關。」因玉門關是前往西域的關口，過了西門關，幾乎等同於回到漢人領地，表達班超思念家鄉的心情。但戴叔倫這裡意指應當以身報國，抱著必死的決心西征捍衛國土，不須心懷故土。

玉門關—通往西域的要道，在甘肅敦煌西北。

江南曲

李益

嫁得瞿塘賈，朝朝誤妾期。
早知潮有信，嫁與弄潮兒。

瞿塘—瞿塘峽。
賈—商人。
期—指約定的歸期。
潮有信—潮水起落有一定的時間。
弄潮兒—在潮頭駕船或戲水的年輕人。

喜見外弟又言別

李益

十年離亂後，長大一相逢。
問姓驚初見，稱名憶舊容。
別來滄海事，語罷暮天鐘。
明日巴陵道，秋山又幾重。

外弟——表弟。
言別——話別。
別來——指分別十年以來。
滄海事——形容世事變化很大。
暮天鐘——黃昏寺院的鳴鐘。
巴陵道——即岳州，今湖南省岳陽市。

夜上受降城聞笛

李益

回樂峰前沙似雪，受降城外月如霜。

不知何處吹蘆管，一夜征人盡望鄉。

受降城—漢、唐築以接受敵人投降的城。唐築有三城，中城在朔州，西城在靈州，東城在勝州。

蘆管—吹管樂器，其聲哀悽。

征人—軍旅之人。

巴女謠

于鵠

巴女騎牛唱竹枝，藕絲菱葉傍江時。
不愁日暮還家錯，記得芭蕉出槿籬。

巴女—巴地的女孩，巴地於現今四川巴江一帶。

竹枝—即竹枝詞，為巴蜀一帶的民歌。

傍—依靠著。

還家—回家。

錯—走錯房子。

槿籬—用木槿做成的籬笆。

遊子吟

孟郊

慈母手中線，遊子身上衣。
臨行密密縫，意恐遲遲歸。
誰言寸草心，報得三春暉。

吟—為詩歌的文體之一，由民歌發展而來，不求押韻、對仗，風格較為自由純樸。

密密—細密地。表達出母親對兒子的細緻關愛。

寸草心—遊子的孝心。

暉—用陽光比喻母愛的溫暖。

邀花伴

孟郊

邊地春不足，十里見一花。
及時須邀遊，日暮饒風沙。

邊地——邊陲之地。
春不足——因地處荒涼，較無欣欣向榮的春日之景。
饒——此作風沙強盛。

洛陽晚望

孟郊

天津橋下冰初結，洛陽陌上人行絕。
榆柳蕭疏樓閣閒，月明直見嵩山雪。

陌—道路。
蕭疏—稀疏。
嵩山—為中國五嶽中的中嶽。

登科後

孟郊

昔日齷齪不足誇，今朝放蕩思無涯。
春風得意馬蹄疾，一日看盡長安花。

登科——科舉上榜。

齷齪——窮困不得志。

放蕩——自由不受拘束。

春風得意——志得意滿、神采飛揚的樣子。

溪居

門徑俯清溪，茅檐古木齊。
紅塵飄不到，時有水禽啼。

裴度

俯──由上往下看，意為門前就是溪水。
茅檐──用茅草搭建的屋簷。
紅塵──謂世間俗事。
水禽──水鳥。

秋思

張籍

洛陽城裡見秋風，欲作家書意萬重。
復恐匆匆說不盡，行人臨發又開封。

意萬重—思鄉情緒翻騰。

復—又。

臨發—即將要出發。

開封—拆開信封再度新增書信內容。

新嫁娘（ㄒㄧㄣ ㄐㄧㄚˋ ㄋㄧㄤ）

三日入廚下，洗手作羹湯。
ㄙㄢ ㄖˋ ㄖㄨˋ ㄔㄨˊ ㄒㄧㄚˋ　ㄒㄧˇ ㄕㄡˇ ㄗㄨㄛˋ ㄍㄥ ㄊㄤ

未諳姑食性，先遣小姑嘗。
ㄨㄟˋ ㄢ ㄍㄨ ㄕˊ ㄒㄧㄥˋ　ㄒㄧㄢ ㄑㄧㄢˇ ㄒㄧㄠˇ ㄍㄨ ㄔㄤˊ

王建（ㄨㄤˊ ㄐㄧㄢˋ）

諳—熟悉。
食性—飲食習慣。
遣—讓。

十五夜望月寄杜郎中

王建

中庭地白樹棲鴉，冷露無聲溼桂花。
今夜月明人盡望，不知秋思落誰家。

郎中—官名，秦漢時，掌宮廷侍衛。隋代以後，為六部內各司之主管。

地白—地面受皎潔月光照耀呈白色。

溼—沾濕。

春雪

韓愈

新年都未有芳華，二月初驚見草芽。
白雪卻嫌春色晚，故穿庭樹作飛花。

芳華—妍麗的花卉。
穿—飄雪降至樹枝上。
飛花—白雪從樹間飄下有如落花。

早春呈水部張十八員外

韓愈

天街小雨潤如酥，草色遙看近卻無。
最是一年春好處，絕勝煙柳滿皇都。

張十八員外—張籍，在家兄弟排行第十八，曾任水部員外郎。

酥—滋潤。

絕勝—絕美的景致。

煙柳—形容綠柳成片。

憫農 ◎二首

李紳

春種一粒粟，秋收萬顆子。
四海無閒田，農夫猶餓死。

鋤禾日當午，汗滴禾下土。
誰知盤中餐，粒粒皆辛苦。

憫—憐憫。
粟—泛指穀類。
子—熟成的糧食。
閒田—沒有耕種的荒地。
「四海」二句—點出中晚唐社會不公的百姓困境。
鋤—用鋤頭鬆動土壤，指農作活動。
當午—正中午。
盤中餐—我們所吃的糧食。
「誰知」二句—指出糧食皆為農夫辛苦耕種而來，體現作者憐憫之心，也呼籲讀者要愛惜食物。

城東早春

楊巨源

詩家清景在新春，綠柳才黃半未勻。
若待上林花似錦，出門俱是看花人。

黃—柳樹剛萌芽時為鵝黃色。

未勻—柳芽正在從黃轉綠，顏色不均。

秋風引

劉禹錫

何處秋風至？蕭蕭送雁群。
朝來入庭樹，孤客最先聞。

引—文體之一，相當於序的功能，表開頭之意。

蕭蕭—形容風聲。

朝—早晨。

孤客—孤單遊子。因遊子獨處外地，秋冬蕭瑟之景最容易引發思鄉感觸。

烏衣巷

劉禹錫

朱雀橋邊野草花，烏衣巷口夕陽斜。
舊時王謝堂前燕，飛入尋常百姓家。

烏衣巷──在現今南京市，由於三國時的禁軍駐在此地並身著黑色衣服，便俗稱烏衣巷。

王謝──東晉時的王導、謝安兩大家族都住在烏衣巷，人稱其子弟為烏衣郎。

「舊時王謝」──往日權貴現已沒落，滄海桑田。

春詞

劉禹錫

新妝宜面下朱樓，深鎖春光一院愁。
行到中庭數花朵，蜻蜓飛上玉搔頭。

宜面——妝容得宜。
深鎖——指眉頭深鎖，鬱悶不樂。
搔頭——髮簪。因沉思已久，故蜻蜓得停在上頭。

西塞山懷古

劉禹錫

王濬樓船下益州，金陵王氣黯然收。
千尋鐵鎖沉江底，一片降幡出石頭。
人世幾回傷往事，山形依舊枕寒流。
今逢四海為家日，故壘蕭蕭蘆荻秋。

「王濬」句—王濬為當時益州刺史，晉武帝命他造大船，沿江而下進攻吳國。
金陵—為現今南京，傳說有帝王之氣。
黯然—灰心失意的樣子。
千尋鐵鎖—當時吳國用鎖鏈將長江封鎖，卻被王濬用大火燒斷。
降幡—降旗。
石頭—石頭城，借指金陵。
四海—泛指天下各處。

竹枝詞 ◎其一

劉禹錫

楊柳青青江水平，聞郎江上踏歌聲。
東邊日出西邊雨，道是無晴卻有晴。

竹枝詞—原為民歌，經劉禹錫新創，流傳甚廣，主題多為男女情愛與風土民情。

晴—為「情」的雙關語。

秋詞 ◎二首其一

劉禹錫

自古逢秋悲寂寥，我言秋日勝春朝。
晴空一鶴排雲上，便引詩情到碧霄。

悲—感傷。
春朝—早上。泛指春日景致。
「自古」二句—作者翻案以往傷春悲秋之情，於秋高氣爽之日，充滿積極自信。
排—排開、衝破雲層。
引—引發。
詩情—做詩的興致。
碧霄—藍天。

白雲泉

白居易

天平山上白雲泉，雲自無心水自閒。

何必奔衝山下去，更添波浪向人間。

天平山—古稱白雲山，位於蘇州。

「何必」二句—謂讀者持有本心即可，不必淌入混雜的人世，徒增紛端。

問劉十九

綠螘新醅酒，紅泥小火爐。
晚來天欲雪，能飲一杯無。

白居易

綠螘—新酒未濾清時，酒面泛起浮渣，色微綠細如蟻。代指新出的酒。

醅—未過濾的酒。

賦得古原草送別

白居易

離離原上草，一歲一枯榮。
野火燒不盡，春風吹又生。
遠芳侵古道，晴翠接荒城。
又送王孫去，萋萋滿別情。

賦得—分到題目賦詩。
離離—茂盛的樣子。
歲—年。
枯榮—枯萎與興盛，生生不息。
芳—草的濃郁香氣。
侵—布滿。
接—連接。
王孫—原本泛指貴族子弟，此指作者的朋友。
萋萋—草茂盛的樣子。古人常用青草連綿比喻離情。

憶江南

白居易

江南好，風景舊曾諳。
日出江花紅勝火，春來江水綠如藍。
能不憶江南？

曾諳──曾造訪過。諳，熟悉。
江花──江邊盛開的花。
藍──碧綠至藍，可見江水清澈。

微雨夜行

白居易

漠漠秋雲起，稍稍夜寒生。
但覺衣裳溼，無點亦無聲。

漠漠——雲起天色昏暗。
稍稍——漸漸。
點、聲——下雨的雨滴及雨聲。

夜雪

已訝衾枕冷，復見窗戶明。
夜深知雪重，時聞折竹聲。

白居易

訝—驚訝。因落雪無聲，夜寒突如其來。

衾—被子。

明—因月光映照在雪堆上反射出的光亮。

早秋獨夜

白居易

井梧涼葉動，鄰杵秋聲發。
獨向檐下眠，覺來半床月。

井梧－種植在井旁的梧桐樹。
杵－古時將圓柱狀木棒用來搗衣。
覺來－睡醒。
半床月－形容月光灑進房間，已然深夜。

望月有感

白居易

自河南經亂，關內阻飢，兄弟離散，各在一處。因望月有感，聊書所懷，寄上浮梁大兄、於潛七兄、烏江十五兄，兼示符離及下邽弟妹。

時難年荒世業空，弟兄羈旅各西東。
田園寥落干戈後，骨肉流離道路中。
弔影分為千里雁，辭根散作九秋蓬。
共看明月應垂淚，一夜鄉心五處同。

旅—流落他鄉。

寥落—荒蕪。

弔影—形單影隻。

辭根—離開根部。喻兄弟離家分散。

蓬—蓬草，於秋天隨風飄散，多用來比喻漂泊的游子。

五處—小序所說的五個地點。

春風

白居易

春風先發苑中梅，櫻杏桃梨次第開。
薺花榆莢深村裡，亦道春風為我來。

苑—庭院。

櫻杏桃李—為櫻花、杏花、桃花和李花，這四種皆會於春季開花結果。

次第—依序。

薺花—為薺菜的花，一、二年生草本植物，一年可收成三次。

榆莢—榆樹在春天結成的果實，亦為春天代表性植物之一。

琵琶行

白居易

元和十年，予左遷九江郡司馬。明年秋，送客湓浦口，聞舟中夜彈琵琶者，聽其音，錚錚然有京都聲。問其人，本長安倡女，嘗學琵琶於穆、曹二善才，年長色衰，委身為賈人婦。遂命酒，使快彈數曲。曲罷憫然，自敘少小時歡樂事，今漂淪憔悴，轉徙於江湖間。予出官二年，恬然自安，感斯人言，是夕始覺有遷謫意。因為長句，歌以贈之，凡六百一十六言，命曰琵琶行。

潯陽江頭夜送客，楓葉荻花秋瑟瑟。
主人下馬客在船，舉酒欲飲無管絃。
醉不成歡慘將別，別時茫茫江浸月。
忽聞水上琵琶聲，主人忘歸客不發。

左遷—貶官，降職。
明年—第二年。
錚錚—形容金屬、玉器相擊聲。
京都聲—指唐代京城流行的曲調。
倡女—歌女。
善才—當時對曲師的通稱。
出官—京官外調。
瑟瑟—風吹楓葉荻花的聲響，形容寒冷瑟縮的樣子。
主人—詩人自指。
慘—黯然。

尋聲暗問彈者誰？琵琶聲停欲語遲。
移船相近邀相見，添酒回燈重開宴。
千呼萬喚始出來，猶抱琵琶半遮面。
轉軸撥絃三兩聲，未成曲調先有情。
絃絃掩抑聲聲思，似訴平生不得志。
低眉信手續續彈，說盡心中無限事。
輕攏慢捻抹復挑，初為霓裳後六幺。
大絃嘈嘈如急雨，小絃切切如私語。
嘈嘈切切錯雜彈，大珠小珠落玉盤。
間關鶯語花底滑，幽咽泉流水下灘。

暗問—低聲地問。
回燈—將燈重新點起。
軸—琵琶上緊弦的把手。
思—悲傷。
信手—隨手。
續續—連續不斷。
攏—撫弄。
撚—輕揉。
抹—順勢下撥。
挑—反手回撥。
霓裳、六幺—樂曲名。
嘈嘈—聲音雜亂。
切切—聲音幽細瑣碎。
「大珠」句—形容聲音清脆圓潤。
間關—鳥鳴聲。

冰泉冷澀絃凝絕，凝絕不通聲漸歇。
別有幽愁暗恨生，此時無聲勝有聲。
銀瓶乍破水漿迸，鐵騎突出刀槍鳴。
曲終收撥當心畫，四絃一聲如裂帛。
東船西舫悄無言，唯見江心秋月白。
沉吟放撥插絃中，整頓衣裳起斂容。
自言本是京城女，家在蝦蟆陵下住。
十三學得琵琶成，名屬教坊第一部。
曲罷曾教善才服，妝成每被秋娘妒。
五陵年少爭纏頭，一曲紅綃不知數。

凝絕—中斷。

銀瓶—井上汲水的器具。

鳴—互相撞擊。

當心畫—用撥子在琵琶的中部劃過四絃。

裂帛—撕裂布帛的聲音。

沉吟—神情凝重。

蝦蟆陵—位於長安東南曲江附近，歌女聚居地。

教坊—唐代宮內訓練歌妓的地方。

秋娘—唐代歌女的泛稱。

五陵年少—京都富豪子弟。

纏頭—綾帛之類的禮物。

紅綃—紅色絲織品。

鈿頭銀篦擊節碎，血色羅裙翻酒污。
今年歡笑復明年，秋月春風等閒度。
弟走從軍阿姨死，暮去朝來顏色故。
門前冷落車馬稀，老大嫁作商人婦。
商人重利輕別離，前月浮梁買茶去。
去來江口守空船，繞船月明江水寒。
夜深忽夢少年事，夢啼妝淚紅闌干。
我聞琵琶已嘆息，又聞此語重唧唧。
同是天涯淪落人，相逢何必曾相識！
我從去年辭帝京，謫居臥病潯陽城。

鈿頭銀篦—兩頭均飾有金玉花形的銀篦子。
擊節—歌唱時打拍子。
等閒—輕易、草率。
顏色故—指容顏衰老。
老大—指年紀大了。
浮梁—今江西景德鎮，唐代為茶葉集散地。
去來—走了以後。
闌干—形容眼淚縱橫流淌。
唧唧—歎息聲。
帝京—指都城長安。

潯陽地僻無音樂，終歲不聞絲竹聲。
住近湓江地低溼，黃蘆苦竹繞宅生。
其間旦暮聞何物？杜鵑啼血猿哀鳴。
春江花朝秋月夜，往往取酒還獨傾。
豈無山歌與村笛？嘔啞嘲哳難為聽。
今夜聞君琵琶語，如聽仙樂耳暫明。
莫辭更坐彈一曲，為君翻作琵琶行。
感我此言良久立，卻坐促絃絃轉急。
淒淒不似向前聲，滿座重聞皆掩泣。
座中泣下誰最多？江州司馬青衫溼。

絲竹—借代音樂之意。
湓江—指九江。
聞—聽。
杜鵑—子規鳥，啼聲哀切。
獨傾—獨飲。
嘔啞嘲哳—形容聲音雜亂刺耳。
難為聽—難以聽下去。
仙樂—形容美妙動聽如來自仙界。
莫辭—不要推辭。
卻—回到原來坐處。
促絃—擰緊絃軸。
泣下—落淚。
青衫—唐制文官八品、九品服色，泛指官職卑微。

錢塘湖春行

白居易

孤山寺北賈亭西，水面初平雲腳低。
幾處早鶯爭暖樹，誰家新燕啄春泥。
亂花漸欲迷人眼，淺草才能沒馬蹄。
最愛湖東行不足，綠楊陰裡白沙堤。

賈亭—為西湖名勝之一，因賈全出任杭州刺史而得名。
平—與堤岸同高。
暖樹—受日照的樹。
亂花—繁花似錦。
沒—掩蓋。
白沙堤—即白堤，在西湖東側。

大林寺桃花

白居易

人間四月芳菲盡，山寺桃花始盛開。

長恨春歸無覓處，不知轉入此中來。

芳菲—花草。

長恨—惋惜。

春歸—春天即將逝去。

不知—沒有料到。

苦熱題恆寂師禪室

白居易

人人避暑走如狂，獨有禪師不出房。
可是禪房無熱到，但能心靜即身涼。

狂——形容疾走避暑的煩躁樣子。

可是——可能是。

聞蟲

白居易

暗蟲唧唧夜綿綿，況是秋陰欲雨天。
猶恐愁人暫得睡，聲聲移近臥床前。

唧唧—形容蟲聲。

綿綿—夜晚還很長。

「猶恐」二句—愈夜蟲聲愈盛，擔心自己只能暫時入眠。是因蟲不能入眠，還是因愁煩心事而難以入睡，不言自明。

暮江吟

白居易

一道殘陽鋪水中，半江瑟瑟半江紅。

可憐九月初三夜，露似真珠月似弓。

瑟瑟—形容入秋的寒意。

「半江」句—作者妙筆寫出殘陽漸去，時間推移的景象。

真珠—同「珍珠」。

弓—時為農曆九月初三，上弦月形似彎弓。

冬夜聞蟲

白居易

蟲聲冬思苦於秋，不解愁人聞亦愁。
我是老翁聽不畏，少年莫聽白君頭。

苦——更加悲苦。
不解——不懂。
「蟲聲」二句——說蟲聲在冬天聽起來更悲苦，實則因作者心緒愁苦，更容易被勾起愁思。
白——使頭髮變白。

村夜

白居易

霜草蒼蒼蟲切切，村南村北行人絕。
獨出前門望野田，月明蕎麥花如雪。

切切—細小的蟲聲。
「月明」—月光頓時勾勒一幅雪白的花開美景，一掃前兩句寂靜冷清的情緒，詩意恬淡，將情寄予景中。

冬夜即事

呂溫

百憂攢心起復臥，夜長耿耿不可過。
風吹雪片似花落，月照冰文如鏡破。

百憂攢心—百般情緒堆積在胸口，煩悶不已。
耿耿—輾轉難眠。
文—同「紋」。

江雪

柳宗元

千山鳥飛絕，萬徑人蹤滅。
孤舟蓑笠翁，獨釣寒江雪。

絕──盡。
簑──蓑衣。

夢昔時

元稹

閒窗結幽夢，此夢誰人知。
夜半初得處，天明臨去時。
山川已久隔，雲雨兩無期。
何事來相感，又成新別離。

結夢——做夢。

雲雨——如宋玉〈神女賦〉中的楚王和神女，雲雨相隔，再無緣分。

菊花

元稹

秋叢繞舍似陶家，遍繞籬邊日漸斜。

不是花中偏愛菊，此花開盡更無花。

陶—指陶淵明，為愛菊的代表人物。

日漸斜—逐漸落日，描述作者因愛花賞花，不覺時間流逝。

開盡—因菊花於秋天開花，在百花之後。

尋隱者不遇

賈島

松下問童子，言師採藥去。
只在此山中，雲深不知處。

隱者——隱居在山裡的人。

童子——隱者的弟子。

題李凝幽居

賈島

閒居少鄰並，草徑入荒園。
鳥宿池邊樹，僧敲月下門。
過橋分野色，移石動雲根。
暫去還來此，幽期不負言。

並—並排。

荒園—荒廢的庭園。言李凝住處之幽靜。

雲根—古人以為雲從石出，故云。

去—離開。因友人不在家。

幽期—隱居的期約。

負言—失約。

劍客

賈島

十年磨一劍，霜刃未曾試。
今日把示君，誰有不平事？

霜刃—劍被打磨得鋒利的樣子。
「十年」二句—用劍喻己，希望才華也有嶄露頭角的機會。
示—給對方看。

三日晦日送春

賈島

三月正當三十日，風光別我苦吟身。

共君今夜不須睡，未到曉鐘猶是春。

晦日—農曆每月的最後一天。

風光別我—意指美好的春光將要離我而去。

曉鐘—早晨報時的鐘聲。

「共君」二句—因不捨春光離去，希望能徹夜不眠把握每刻時光。

馬詩 ◎二十三首選二

李賀

其四

此馬非凡馬，房星本是星。
向前敲瘦骨，猶自帶銅聲。

其五

大漠沙如雪，燕山月似鈎。
何當金絡腦，快走踏清秋。

房星—《晉書·天文志》：「房四星，亦曰天駟，為天馬，主車駕。房星明，則王者明。」馬為星宿下凡而來，且與王者興盛動息相關。

銅聲—表現出穩重響亮的聲音，實指馬的美好本質。

燕山—山名，常作為戰爭地點的代稱。

金絡腦—用黃金裝飾的馬轡頭。指得到功名富貴。

夏雨後題青荷蘭若

施肩吾

僧舍清涼竹樹新，初經一雨洗諸塵。

微風忽起吹蓮葉，青玉盤中瀉水銀。

蘭若—寺院或空淨閑靜的地方，梵語「阿蘭若」的略稱。

洗諸塵—雨水洗去樹葉上的灰塵，也如心境煥然一新。

水銀—用來比喻蓮葉上的雨水如珠。

金縷衣

杜秋娘

勸君莫惜金縷衣，勸君惜取少年時。
有花堪折直須折，莫待無花空折枝。

金縷衣—用金絲縷飾的衣裳。

莫惜—不要珍惜或留戀。

堪—可以，能夠。

直須—不必猶豫。

莫待—不要等到。

宮詞

朱慶餘

寂寂花時閉院門，美人相併立瓊軒。
含情欲說宮中事，鸚鵡前頭不敢言。

「**寂寂**」句—因此院不受恩寵，故大門深閉，連春花開時都無法帶來喜悅。

「**鸚鵡**」句—滿心鬱悶想傾吐，但又怕鸚鵡複言，更加重了宮怨之情。

近試上張水部

朱慶餘

洞房昨夜停紅燭，待曉堂前拜舅姑。
妝罷低聲問夫婿，畫眉深淺入時無。

近試—將近進士考試之時。
上—呈獻。
張水部—即張籍，時任水部郎，屬工部四司之一。
停—對放。
舅姑—公婆。
入時無—打扮得是否入時。意指此詩是否能受到張籍青睞。

題紅葉

流水何太急，深宮盡日閒。
殷勤謝紅葉，好去到人間。

宣宗宮人

唐‧范攄《雲溪友議》卷下〈題紅怨〉：盧渥舍人應舉之歲，偶臨御溝，見一紅葉，命僕搴來，葉上乃有一絕句。置於巾箱，或呈於同志。……渥後亦一任范陽，獲其退宮人，睹紅葉而吁怨久之，曰：「當時偶題隨流，不謂郎君收藏巾篋。」

人間——宮外。

商山早行

晨起動征鐸，客行悲故鄉。
雞聲茅店月，人跡板橋霜。
槲葉落山路，枳花明驛牆。
因思杜陵夢，鳧雁滿回塘。

溫庭筠

征鐸—掛在馬上的鈴鐺。

「雞聲」二句—言其晨起一路的冷清景象。

枳花—春夏間開五瓣白色花。果實形小而味酸，不堪食。枳也稱枳橘。

驛—驛站為供行客往來休息的地方。

杜陵—位在長安東南。因漢宣帝築陵葬此，後改稱為「杜陵」。

鳧—鳥綱雁形目，體型比鴨稍大，常居於池塘湖沼邊。

送盧員外

薛濤

玉壘山前風雪夜，錦官城外別離魂。

信陵公子如相問，長向夷門感舊恩。

玉壘山—山名，位於四川省西北。

錦官城—位於四川省成都縣南。因織錦在錦江內洗濯更加鮮明，故名。

信陵公子—為戰國魏無忌的稱號，與齊孟嘗君、趙平原君、楚春申君並稱為戰國四公子。曾於夷門虛位以待，迎接隱士侯嬴赴宴，後侯嬴策謀協助魏無忌竊符救趙。

牧童

呂巖

草鋪橫野六七里，笛弄晚風三四聲。
歸來飽飯黃昏後，不脫蓑衣臥月明。

橫野—遼闊的平野。
晚風—形容傍晚時吹拂的風。
「歸來」二句—形容牧童天真可愛，率性自然的樣子。

放魚

早覓為龍去，江湖莫漫遊。
須知香餌下，觸口是銛鉤。

李群玉

為龍—漢劉向《說苑・正諫》記載：「昔日龍下清冷之淵，化為魚。」自古就有魚龍互變的說法，因此也說魚躍龍門。

銛鉤—捕魚用的利鉤。

旅宿

旅館無良伴，凝情自悄然。
寒燈思舊事，斷雁警愁眠。
遠夢歸侵曉，家書到隔年。
滄江好煙月，門繫釣魚船。

杜牧

悄然—憂愁哀傷的樣子。
斷雁—失群的孤獨大雁。
警—使作者從夢中驚醒，被觸動心緒。
遠夢—因家鄉遙遠，歸夢難成。
煙月—煙霧迷漫的江上美景。

赤壁

杜牧

折戟沉沙鐵未銷，自將磨洗認前朝。
東風不與周郎便，銅雀春深鎖二喬。

戟—兵器。
前朝—指三國時代。
東風—指若不是東風幫了大忙，吳蜀聯軍豈能敗曹操於赤壁。
周郎—吳都督周瑜。
銅雀—銅雀臺，曹操所建遊冶處。
二喬—東漢喬玄有二女，孫策納大喬，周瑜納小喬。

泊秦淮

杜牧

煙籠寒水月籠沙，
夜泊秦淮近酒家。
商女不知亡國恨，
隔江猶唱後庭花。

秦淮—即秦淮河，相傳為秦始皇巡會稽時下令建造，用來疏通淮河。

商女—歌女。

後庭花—歌曲《玉樹後庭花》的簡稱，陳後主所作，為亡國之音的代表。

寄揚州韓綽判官

杜牧

青山隱隱水迢迢，秋盡江南草未凋。
二十四橋明月夜，玉人何處教吹簫？

韓綽—曾任淮南節度使判官，與杜牧曾是同僚。

判官—官職名，職務為輔佐節度使和觀察使。

迢迢—江水悠長遙遠的樣子。

二十四橋—唐代的揚州曾有二十四座橋，載於沈括《夢溪筆談·補筆談》中，現已不復在。

玉人—指韓綽，也有說法指歌妓。

秋夕（ㄑㄧㄡ ㄒㄧ）

銀（ㄧㄣˊ）燭（ㄓㄨˊ）秋光冷（ㄌㄥˇ）畫（ㄏㄨㄚˋ）屏（ㄆㄧㄥˊ），
輕（ㄑㄧㄥ）羅（ㄌㄨㄛˊ）小扇（ㄕㄢˋ）撲（ㄆㄨ）流（ㄌㄧㄡˊ）螢（ㄧㄥˊ）。
天階（ㄐㄧㄝ）夜色涼（ㄌㄧㄤˊ）如水，
臥（ㄨㄛˋ）看（ㄎㄢ）牽（ㄑㄧㄢ）牛織（ㄓ）女星。

杜牧（ㄉㄨˋ ㄇㄨˋ）

冷－形容秋天冷落黯淡的氣氛。
輕羅－絲製品。
天階－階梯。
臥看－也作「坐看」。
牽牛織女星－牽牛即牛郎星，本名為河鼓二，在此指傳統故事中牛郎隔著銀河與織女遙遙相對的故事。

贈別 ◎二首其二

杜牧

多情卻似總無情，惟覺樽前笑不成。
蠟燭有心還惜別，替人垂淚到天明。

「多情」句—多情者滿腔情緒，一時無法表達，只能無言相對，卻總像是無情似的。總，總是。
惟覺—只覺得。
樽—古代的酒杯。
笑不成—由於太多情，不忍離別，而無法強顏歡笑。

清明

杜牧

清明時節雨紛紛，路上行人欲斷魂。
借問酒家何處有？牧童遙指杏花村。

清明—即清明節，在國曆四月五日，原本是二十四節氣的名稱，後因近寒食節，習俗演變成祭祖、掃墓。因距冬至一百零六天，故又稱「百六」。

斷魂—慘澹的樣子。

杏花村—種有很多杏花的村莊，詞章中描寫春景時的常用詞，也常用來借指酒家。

齊安郡後池絕句

杜牧

菱透浮萍綠錦池，夏鶯千囀弄薔薇。
盡日無人看微雨，鴛鴦相對浴紅衣。

齊安郡—即黃州。
菱—水生植物，果實於秋天熟成，可食用。
千囀—靈動多變的鳥鳴。
紅衣—形容鴛鴦的彩色羽毛。

齊安郡中偶題 ◎二首其一

杜牧

兩竿落日溪橋上，半縷輕煙柳影中。
多少綠荷相倚恨，一時回首背西風。

回首—被風吹得葉片翻面，如同轉身過去一樣。
背—背對。
「一時」句—表達出面對逆境仍能昂然挺立的精神。

山行

杜牧

遠上寒山石徑斜，白雲生處有人家。

停車坐愛楓林晚，霜葉紅於二月花。

寒—點出季節已然入秋。

斜—石逕曲斜陡峭。

人家—屋宅住家。

坐—因為。

鷺鷥

杜牧

雪衣雪髮青玉嘴，群捕魚兒溪影中。
驚飛遠映碧山去，一樹梨花落晚風。

雪衣雪髮—形容鷺鷥雪白的羽毛。

遠映—遙遙相映。

一樹梨花—形容鷺鷥翩翩飛去的樣子有如花瓣飄散。

送靈一上人

十年勞遠別，一笑喜相逢。
又上青山去，青山千萬重。

陳羽

靈一上人—生卒年均不詳。上人，對修為卓越的佛僧的尊稱，也用來尊稱一般出家人。

勞—表這些年分別之艱辛。

又上青山去—兩人難得相聚，卻又要匆匆告別，上人又要回山上精進修行。

隴西行 ◎四首其二

陳陶

誓掃匈奴不顧身，五千貂錦喪胡塵。
可憐無定河邊骨，猶是春閨夢裡人！

掃—掃蕩、平定。

貂錦—指士兵。

無定河—河川名，在陝西省北部。

春閨—借指家中的思婦。

「可憐」二句—命喪戰場的士兵，仍是家中思婦心心念念的夢中人，用前後強烈對比批判唐代長期征伐不休。

登樂遊原

向晚意不適，驅車登古原。
夕陽無限好，只是近黃昏。

李商隱

樂遊原—位於陝西省長安縣南，可眺望長安，是漢宣帝喜歡去的地方。

不適—心情不佳。

只是—只因為。

「夕陽」二句—因為天色將暗才顯出夕陽的美麗，應珍惜短暫的美好時光。

天涯

春日在天涯，天涯日又斜。
鶯啼如有淚，為溼最高花。

李商隱

天涯—形容春日遙遠。
天涯—實指天的盡頭。
斜—日頭逐漸西斜。
啼—啼哭。
溼—用眼淚沾濕。
最高—枝頭最高處。

嫦娥

李商隱

雲母屏風燭影深，長河漸落曉星沉。
嫦娥應悔偷靈藥，碧海青天夜夜心。

雲母屏風—用美麗的雲母石做的屏風。
長河—銀河。
曉星沉—晨光中星星移轉。
碧海青天—像碧海似的天空，形容天空的廣闊。
夜夜心—指夜夜忍受孤寂之苦。

賈生

李商隱

宣室求賢訪逐臣，賈生才調更無倫。
可憐夜半虛前席，不問蒼生問鬼神。

賈生—即西漢賢臣賈誼，曾任長沙王太傅，又稱賈太傅。

宣室—為漢代的宮殿名，為未央宮的正室，用來代稱漢文帝。

才調—才華。

無倫—無人可比擬。

虛—平白地。

前席—因漢文帝聽得入迷，不自覺往前移動。

蒼生—比喻百姓黎民。

「可憐」二句—諷諭漢文帝應該善任賈誼的才華，心懸黎民，卻反而迷信鬼神之說。

哥舒歌

西鄙人

北斗七星高，哥舒夜帶刀。
至今窺牧馬，不敢過臨洮。

哥舒—唐朝名將哥舒翰。
北斗七星高—星星高掛於夜空。
窺牧馬—指吐蕃侵擾。
臨洮—今甘肅岷縣，秦築長城即起於此。

山亭夏日

高駢

綠樹陰濃夏日長，樓臺倒影入池塘。
水晶簾動微風起，滿架薔薇一院香。

山亭—山上的涼亭。

陰濃—形容日照強烈，使陰影顏色很深。

入—倒影反射在池面上，如同進到池塘中。

薔薇—花名，常綠或落葉灌木，枝幹多刺，於夏日開花，可作觀賞用。

一院—整個庭院。

乞巧

林傑

七夕今宵看碧霄，牽牛織女渡河橋。

家家乞巧望秋月，穿盡紅絲幾萬條。

乞巧—農曆七月七日為七夕，亦名乞巧節，古時婦女習慣於此日準備瓜果鮮花，向織女祈願心靈手巧、面貌美麗。

碧霄—天空。

紅絲—織布用的絲線，也比喻有情人覓得良緣。

雪

盡道豐年瑞，豐年事若何。
長安有貧者，為瑞不宜多。

羅隱

瑞—習俗稱瑞雪兆豐年，冬季應時的雪。因可以殺死害蟲，使隔年作物豐收。

為瑞不宜多—作者憐憫貧窮者於冬天挨餓受凍，因此雖是對農業有益的瑞雪，也希望不要太多。

西施

羅隱

家國興亡自有時，吳人何苦怨西施。
西施若解傾吳國，越國亡來又是誰。

西施—古代四大美女之首，越國人，越王句踐命范蠡獻西施給吳國，使吳王廢棄政事，終被越國所滅。
時—時運。
傾—使吳國傾覆滅亡。
「西施」二句—歷史將吳國滅亡歸因紅顏禍水，但作者提出翻案為西施抱不平，國祚應該由君主自身賢能與否來掌握。

延興門外作

韋莊

芳草五陵道，美人金犢車。
綠奔穿內水，紅落過牆花。
馬足倦遊客，鳥聲歡酒家。
王孫歸去晚，宮樹欲棲鴉。

延興門—為長安外郭城門之一，另有通化門與春明門。
「芳草」句—青草長於道路兩旁。
美人—美好的人。
王孫—多指豪門貴族，此指韋莊友人。
棲鴉—因天色漸晚，倦鳥歸巢。

金陵圖

韋莊

江雨霏霏江草齊，六朝如夢鳥空啼。
無情最是臺城柳，依舊煙籠十里堤。

霏霏—煙雨不停。

六朝—三國吳、東晉和南北朝的宋、齊、梁、陳，相繼建都於建康（今南京）。

臺城—也稱苑城，舊址在今南京市。

煙籠—形容柳樹翠綠濃密，一片如煙如霧的樣子。

堤—因柳樹傍河堤種植。堤，為防河水氾濫的建築。

「無情」二句—大自然不管人世汰換的歷史滄桑，依舊月升日落，依舊蒼綠水流。

中秋

閒吟秋景外，萬事覺悠悠。
此夜若無月，一年虛過秋。

司空圖

吟─吟詩。
悠悠─綿長久遠的樣子。
虛─虛度。

效崔國輔◎四首其一

韓偓

澹月照中庭，海棠花自落。
獨立俯閒階，風動鞦韆索。

效—效仿。
崔國輔—盛唐詩人，專攻五言小詩。清管世銘〈讀雪山房唐詩鈔〉云：「專工五言小詩自崔國輔始，篇篇有樂府遺意。」
澹月—恬靜溫柔的月色。
獨立—只有作者一人站在那裡。

小院

小院無人夜，煙斜月轉明。
清宵易惆悵，不必有離情。

唐彥謙

清宵——清冷的夜晚。
惆悵——憂傷之情。

春草

唐彥謙

天北天南繞路邊，托根無處不延綿。
萋萋總是無情物，吹綠東風又一年。

萋萋——草茂盛的樣子，古人多以此代表離情。
東風——春風。

寫真寄夫

薛媛

欲下丹青筆，先拈寶鏡寒。
已驚顏索寞，漸覺鬢凋殘。
淚眼描將易，愁腸寫出難。
恐君渾忘卻，時展畫圖看。

寫真—描繪畫像。
丹青筆—丹青為繪畫時用的顏料，即畫筆。
拈—用手拿取。
寒—令人心驚。
顏—容顏。
索寞—黯然衰老的樣子。
「淚眼」句—用容易描繪出淚眼，對比下句難以寫出滿腹愁思。具體對抽象。
渾—全然、全部。
展—展開。

初夏戲題

徐夤

長養薰風拂曉吹，漸開荷芰落薔薇。
青蟲也學莊周夢，化作南園蛺蝶飛。

薰風—柔和的春風。
拂曉—即將天亮時。
荷芰—一說為荷花，芰為菱。
莊周夢—典自「莊周夢蝶」的故事。

雨晴

王駕

雨前初見花間蕊，雨後全無葉底花。
蛺蝶紛紛過牆去，卻疑春色在鄰家。

「卻疑」句－現在多用來比喻對同行事業起飛的羨慕。

社日

王駕

鵝湖山下稻粱肥，豚柵雞棲半掩扉。

桑柘影斜春社散，家家扶得醉人歸。

社日—祭祀灶神的日子。立春後第五戊日為春社，立秋後第五戊日為秋社。

鵝湖山—位於江西境內。

稻粱—祭祀用的精米。

肥—稻粱結實累累。

柘—桑科柘樹屬，直立或略攀緣狀灌木或喬木，熟時橙黃色，嫩葉可養蠶。

影斜—太陽西下。

早梅

萬木凍欲折，孤根暖獨回。
前村深雪裡，昨夜一枝開。
風遞幽香出，禽窺素豔來。
明年如應律，先發望春臺。

齊己

暖獨回—只有早梅的根回暖，先行開花。
幽香—若有似無的香氣。
禽—鳥類。
應—符合。
律—自然應有的規律。

溪居即事

崔道融

籬外誰家不繫船，春風吹入釣魚灣。
小童疑是有村客，急向柴門去卻關。

疑—好奇。
急—急忙地。表現出其童稚之心。
去卻關—急忙跑去柴門探視，卻發現不是村客，故又失望關門。

觀人讀春秋

日覺儒風薄，誰將霸道羞。
亂臣無所懼，何用讀春秋。

徐鉉

儒風—尊儒的讀書風氣與風骨。

春秋—孔子據魯史修訂而成的編年體史書。

寄人

張泌

別夢依依到謝家，小廊回合曲闌斜。
多情只有春庭月，猶為離人照落花。

依依—愛戀不捨的樣子。
謝家—代稱所愛慕的女子。
回合—四面環抱。
曲闌—曲折的闌干。
離人—分離的兩人。

答人

太上隱者

偶來松樹下，高枕石頭眠。
山中無曆日，寒盡不知年。

答人—回答別人的提問。

枕—以石頭為枕頭。

曆日—紀錄歲時、節令的書。

小兒垂釣

胡令能

蓬頭稚子學垂綸，側坐莓苔草映身。

路人借問遙招手，怕得魚驚不應人。

綸—釣魚的絲線。垂綸即釣魚。

莓苔—青苔。

遙—遠遠地。

不應人—不回答對方。

終南望餘雪

終南陰嶺秀，積雪浮雲端。
林表明霽色，城中增暮寒。

祖咏

秀—秀麗。
浮—積雪於山頂，故從遠處看時，恰似懸空在雲端。
林表—群樹構成的山面。
霽色—天空晴朗時所呈現出來的藍色。

吾心似秋月

吾心似秋月，碧潭清皎潔。
無物堪比倫，教我如何說。

寒山

皎潔—清澈明亮的樣子。

堪—豈。

比倫—比較。

「無物」二句—佛理於心中透徹，無法言說。

寫真

圖形期自見，自見卻傷神。
已是夢中夢，更逢身外身。
水花凝幻質，墨彩染空塵。
堪笑予兼爾，俱為未了人。

澹交

寫真——畫像。

期——希望、期待。

自見——顯露出自己。見，通「現」。

夢中夢——人生如夢般虛幻不實。

身外身——軀體更有如身外之物。

予、爾——我、你的代稱詞。

俱為——都是。

未了人——尚未透徹、看破紅塵之人。

襄陽寒食寄宇文籍

竇鞏

煙水初銷見萬家，東風吹柳萬條斜。
大堤欲上誰相伴，馬踏春泥半是花。

寒食—寒食節，每年冬至後一百零五日，約在清明節前一、二日，為紀念春秋隱士介之推。

煙水—江上煙霧迷漫。

銷—消散。

題弟侄書堂

杜荀鶴

何事居窮道不窮，亂時還與靜時同。
家山雖在干戈地，弟侄常修禮樂風。
窗竹影搖書案上，野泉聲入硯池中。
少年辛苦終身事，莫向光陰惰寸功。

「何事」二句—風骨不因環境而委頓，仍須秉性修養。

干戈—干為盾，戈為戟，用來借代戰爭。

禮樂—禮乃行為道德的規範，而樂能調和性情、移風易俗，二者皆可用以教化人民，治理國家。

終身事—為一輩子須努力的事。

惰—偷懶。

【卷四】

宋朝

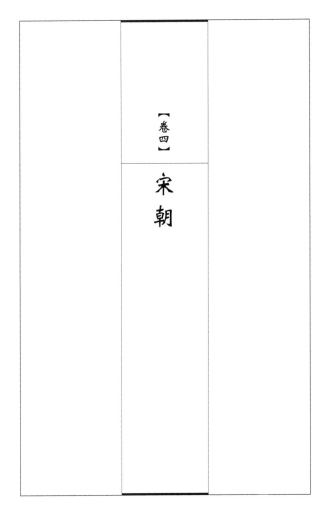

村行

王禹偁

馬穿山徑菊初黃，信馬悠悠野興長。
萬壑有聲含晚籟，數峰無語立斜陽。
棠梨葉落胭脂色，蕎麥花開白雪香。
何事吟餘忽惆悵，村橋原樹似吾鄉。

「馬穿」二句—指出閒行的時、地和心情。信馬，隨馬任意行走。野興長，郊遊的興趣很濃。

壑—山溝。

晚籟—傍晚時因風吹而從孔穴中發出的聲音。

棠梨—即杜梨，落葉喬木。

白雪—蕎麥開白花。

江上漁者

江上往來人，但愛鱸魚美。
君看一葉舟，出沒風波裡。

范仲淹

但—只。

一葉舟—捕魚人用的船隻簡陋單薄。

風波—波濤。此為作者關心人民營生之苦，為其發聲。

梅花（ㄇㄟˊ ㄏㄨㄚ）

牆（ㄑㄧㄤˊ）角（ㄐㄩㄝˊ）數（ㄕㄨˋ）枝梅（ㄇㄟˊ），凌（ㄌㄧㄥˊ）寒（ㄏㄢˊ）獨（ㄉㄨˊ）自（ㄗˋ）開（ㄎㄞ）。

遙（ㄧㄠˊ）知（ㄓ）不（ㄅㄨˋ）是（ㄕˋ）雪（ㄒㄩㄝˇ），為（ㄨㄟˋ）有（ㄧㄡˇ）暗（ㄢˋ）香（ㄒㄧㄤ）來（ㄌㄞˊ）。

王安石（ㄨㄤˊ ㄢ ㄕˊ）

凌寒——頂冒著寒冬。

為——因為。

暗香——梅花如同人在逆境中亦不失芬芳的本質。暗，指無形的人格品質。

元日

王安石

爆竹聲中一歲除，春風送暖入屠蘇。
千門萬戶曈曈日，總把新桃換舊符。

屠蘇—屠蘇酒為正月初一時需喝的酒，先幼後長飲用可避邪、除瘟疫。
曈曈—天將亮由暗轉明的樣子。
新桃—春聯又稱桃符，過新年需換上新春聯，代表新氣象來臨。

江上

王安石

江水漾西風，江花脫晚紅。
離情被橫笛，吹過亂山東。

漾——水波盪漾。
西風——秋風，按陰陽五行解釋季節變化，秋於五行屬金，故又稱「金風」。
脫——掉落。
晚紅——夕陽。
橫笛——指笛聲。

登飛來峰

王安石

飛來山上千尋塔，聞說雞鳴見日升。
不畏浮雲遮望眼，只緣身在最高層。

飛來峰——一說位浙江省靈隱寺旁。

千尋——八尺為一尋，形容塔極高。

「不畏」句——化用李白「總為浮雲能蔽日」句，用浮雲暗喻奸佞小人。

最高層——不僅指位處高位，還指只要思想境界高深，就能突破重重障礙，表現出作者的勇氣和決心。

題張司業詩

王安石

蘇州司業詩名老，樂府皆言妙入神。
看似尋常最奇崛，成如容易卻艱辛。

張司業——即唐代詩人張籍。
詩名老——謂張籍詩名遠播。
奇崛——奇特突出。
「成如」句——佳作看似平淡，實為千錘百鍊所得。

題西林壁

蘇軾

橫看成嶺側成峰，遠近高低各不同。

不識廬山真面目，只緣身在此山中。

西林——寺名，一名乾明寺，在江西廬山。

「遠近」句——一作「遠近看山總不同」。

緣——因為。

「不識」二句——人常當局者迷，無法領會全貌。

飲湖上初晴後雨 ◎二首其二

蘇軾

水光瀲灩晴方好，山色空濛雨亦奇。
欲把西湖比西子，淡妝濃抹總相宜。

瀲灩—水光波動的樣子。
空濛—多形容煙嵐雨霧。
西子—西施。
相宜—適合、適當。

惠崇春江曉景

蘇軾

竹外桃花三兩枝，春江水暖鴨先知。
蔞蒿滿地蘆芽短，正是河豚欲上時。

惠崇—宋初「九僧」之一。

「蔞蒿」二句—宋代烹飪以蔞蒿、蘆芽和河豚同煮，因此蘇軾看見蔞蒿、蘆芽就想到了河豚。鴨在惠崇繪畫中，而河豚在蘇軾心意中。

贈劉景文

蘇軾

荷盡已無擎雨蓋，菊殘猶有傲霜枝。

一年好景君須記，最是橙黃橘綠時。

劉景文—劉季孫，字景文，時任兩浙兵馬都監，父親為北宋將軍。

荷盡—荷花為君子品德的象徵，然卻枯殘，喻處境困難。

擎—高舉著。以荷葉比喻成擋雨的車蓋。

傲霜枝—以挺立的菊枝稱讚劉季孫的風骨不移。

最是—正是。

絕句

蘇軾

春來濯濯江邊柳，秋後離離湖上花。
不羨千金買歌舞，一篇珠玉是生涯。

濯濯—形容春光明媚的景色。
離離—繁盛的樣子。
歌舞—縱情玩樂。
珠玉—形容文章華美。謂有這樣珠玉般的文章，一生便滿足了。表明作者志向。

和子由澠池懷舊

蘇軾

人生到處知何似，應似飛鴻踏雪泥。
泥上偶然留指爪，鴻飛那復計東西。
老僧已死成新塔，壞壁無由見舊題。
往日崎嶇還記否，路上人困蹇驢嘶。

和—唱和，作答。

子由—即蘇軾的弟弟蘇轍，字子由。

澠池—今河南澠池縣。

計—在意。

東西—此指飛去的方向。

老僧—指奉閒。蘇氏兄弟當年赴京應舉途中，曾寄住奉閒僧舍並題詩於壁。

蹇驢—蹇，跛腳。詩末蘇軾自注因馬死於二陵（即崤山，在澠池西），故騎驢至澠池。

夜行

晁冲之

老去功名意轉疏，獨騎瘦馬取長途。
孤村到曉猶燈火，知有人家夜讀書。

意轉疏——不再那麼強求功名。

木芙蓉

呂本中

小池南畔木芙蓉，雨後霜前著意紅。
猶勝無言舊桃李，一生開落任東風。

木芙蓉—宋人常常將木芙蓉與菊花並稱，成為隱逸高潔的象徵。

「猶勝」二句—意指木芙蓉比桃李好多了，因為它不隨春風來去、花謝又花開。

春晚

池上柳依依，柳邊人掩扉。
蝶隨花片落，燕拂水紋飛。
試數交遊看，方驚笑語稀。
一年春又盡，倚杖對斜暉。

左緯

依依—枝葉柔弱的樣子。

拂—貼近、靠近。

交遊—指作者的朋友們。

驚—驚覺。

斜暉—用夕陽對應人生晚年遲暮。

夏日絕句

生當作人傑，死亦為鬼雄。
至今思項羽，不肯過江東。

李清照

人傑──比喻項羽活著應該為人中豪傑。

鬼雄──即使死後仍為鬼中雄傑。

江東──項羽當時被漢兵追趕，於江東不肯渡河，自刎而死。

遊園不值

葉紹翁

應憐屐齒印蒼苔，小扣柴扉久不開。
春色滿園關不住，一枝紅杏出牆來。

「**應憐**」句—憐，愛惜。屐齒，木屐鞋底下凸出像齒的部分，便於泥地行走。屐，一種底下有齒的木鞋，可以防滑。蒼苔，青苔，深青色的苔蘚。本句是說因為未遇到園主人，無法進內，只好自解園主想必是為了愛惜園中的青苔，不讓我木屐鞋的齒痕印在上面吧。

小扣—輕敲，輕輕敲擊。扣，敲、擊。通「叩」。

柴扉—柴門，以樹枝木幹做成的門。形容簡陋的居所。

紅杏出牆—形容春意盎然。「紅杏出牆」現在專指背夫偷漢，不守婦道的女子，但其實與原來詩句的意思風馬牛不相及。

冬夜讀書示子聿

陸游

古人學問無遺力，少壯工夫老始成。

紙上得來終覺淺，絕知此事要躬行。

子聿—陸游最小的兒子。

無遺力—盡每一分力氣，即努力。

老始成—指為學必須重視累積的過程，放遠目光。

躬行—親自去實踐。知識唯有實踐方能轉化為智慧。

遊山西村

陸游

莫笑農家臘酒渾，豐年留客足雞豚。
山重水複疑無路，柳暗花明又一村。
簫鼓追隨春社近，衣冠簡樸古風存。
從今若許閒乘月，拄杖無時夜叩門。

臘酒—臘月釀造的酒。

足雞豚—準備了豐盛的菜餚。足，足夠。

山重水複—山巒重疊。

柳暗花明—柳色深綠，花色紅豔。

簫鼓—吹簫打鼓。

春社—古代把立春後第五個戊日做為春社日，拜祭社公（土地神）和五穀神，祈求豐收。

古風存—保留著淳樸古代風俗。

若許—如果這樣。

閒乘月—有空閒時趁著月光前來。

無時—沒有一定的時間，即隨時。

示兒

陸游

死去元知萬事空，但悲不見九州同。

王師北定中原日，家祭勿忘告乃翁。

示兒—陸游有六個兒子。他死時，長子虛年六十三歲。

元知—原知，本來就知道。

九州同—指收復故土。古代中國分為九州。

「王師」句—諸葛亮〈出師表〉中有「北定中原」語。王師，官軍。

家祭—家中對先人的私祭。

乃翁—你的父親。

沈園 ◎二首其一

陸游

城上斜陽畫角哀，沈園無復舊池台。
傷心橋下春波綠，曾是驚鴻照影來。

沈園—故址在浙江紹興禹跡寺南，今已修建過。陸游重遊時已三易其主。

畫角—古代軍中用以警昏曉的樂器。形如竹筒，外加彩繪。

橋—此橋後人名為春波橋，實因賀知章「春風不改舊時波」句得名。

驚鴻—曹植〈洛神賦〉：「翩若驚鴻。」以鴻驚飛時姿態的輕捷比喻美女的風度。這裡指陸游在沈園見到唐琬的印象。

曉出淨慈寺送林子方

楊萬里

畢竟西湖六月中，風光不與四時同。
接天蓮葉無窮碧，映日荷花別樣紅。

曉—早晨。

畢竟—到底，有誇讚名不虛傳的意思。

別樣—特別。

小池

楊萬里

泉眼無聲惜細流，樹陰照水愛晴柔。
小荷才露尖尖角，早有蜻蜓立上頭。

泉眼—泉水湧出處。
惜—吝惜。
晴柔—柔和的日光。

下橫山灘頭望金華山 ◎四首選二

楊萬里

其一

篙師只管信船流，不作前灘水石謀。
卻被驚湍漩三轉，倒將船尾作船頭。

其二

山思江情不負伊，雨姿晴態總成奇。
閉門覓句非詩法，只是征行自有詩。

篙師—技藝高超的船夫。
信—任憑。
水石謀—不先熟悉河流地形。
湍—流速快的水流。
「卻被」二句—即使熟能生巧，也應做足各樣準備，以免落入「人有失手，馬有失蹄」的窘境。
不負伊—天地文章從不辜負詩人，關鍵在詩人是否有慧眼詩心發掘。
征行—出外遠行。
「閉門」二句—勸世人不要閉門造車，多去戶外領略生活之美，自然會有靈感泉源湧現。

春日

朱熹

勝日尋芳泗水濱，無邊光景一時新。
等閒識得東風面，萬紫千紅總是春。

勝日—美好的日子。
尋芳—踏青。
等閒—平常。
總是春—春光美景遍及一切時間地點。

偶成

朱熹

少年易老學難成，一寸光陰不可輕。
未覺池塘春草夢，階前梧葉已秋聲。

學難成—學問難以輕易成就。
輕—輕視、不重視。
「未覺」句—對時光的變異未曾知覺，比喻時光流逝快速。

活水亭觀書有感 ◎二首其一

朱熹

半畝方塘一鑑開，天光雲影共徘徊。
問渠哪得清如許？為有源頭活水來。

一鑑開—形容水池的平靜。鑑，鏡子。
徘徊—這裡是蕩漾的意思。
渠—他，指方塘。
如許—如此。
為—因為。
「問渠」二句—心靈的清澈與靈動，都有賴於不斷學習新知、累積學問。

除放自石湖歸苕溪◎九首其一

姜夔

少小知名翰墨場，十年心事只淒涼。

舊時曾作梅花賦，研墨於今亦自香。

翰墨場—文章匯集之處，比喻文壇。

梅花賦—唐代名相宋璟作，詩中以梅花自許。

研墨—使自己深受薰陶。

亦自香—文學內涵感染人格。

端午即事

文天祥

五月五日午，贈我一枝艾。
故人不可見，新知萬里外。
丹心照夙昔，鬢髮日已改。
我欲從靈均，三湘隔遼海。

艾—艾草，在端午節配戴可驅蟲防疫。

「故人」二句—化用自屈原《楚辭．九歌》：「悲莫悲兮生別離，樂莫樂兮新相知。」

新知—新結交的朋友。

丹心—一片赤誠之心。

夙昔—過往。

靈均—為屈原的字。

【卷五】

明清

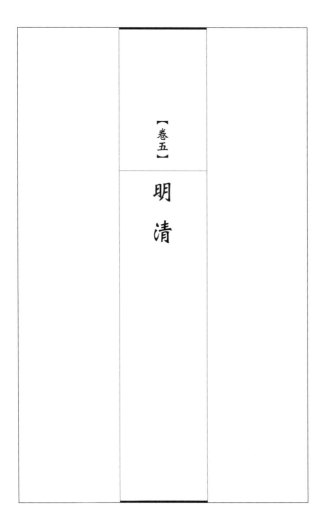

出郊

高田如樓梯，平田如棋局。
白鷺忽飛來，點破秧針綠。

楊慎

高田──梯田。

棋局──形容格狀的平地稻田有如棋盤。

秧針──剛長出來的稻秧。

雪望

洪昇

寒色孤村幕，悲風四野聞。
溪深難受雪，山凍不流雲。
鷗鷺飛難辨，沙汀望莫分。
野橋梅幾樹，並是白紛紛。

四野——泛指四處。

「鷗鷺」二句——以難辨飛鳥寫出大雪茫茫的視野。

並是——都是。

偶然作（ㄡˇ ㄖㄢˊ ㄗㄨㄛˋ）

百金（ㄅㄞˇ ㄐㄧㄣ）買（ㄇㄞˇ）駿馬（ㄐㄩㄣˋ ㄇㄚˇ），千金（ㄑㄧㄢ ㄐㄧㄣ）買（ㄇㄞˇ）美人（ㄇㄟˇ ㄖㄣˊ）。

萬金（ㄨㄢˋ ㄐㄧㄣ）買（ㄇㄞˇ）高爵（ㄍㄠ ㄐㄩㄝˊ），何處（ㄏㄜˊ ㄔㄨˋ）買（ㄇㄞˇ）青春（ㄑㄧㄥ ㄔㄨㄣ）？

屈復（ㄑㄩ ㄈㄨˋ）

高爵──高官爵祿。

青春──千金難買寸光陰。

竹石

鄭燮

咬定青山不放鬆，立根原在破巖中。

千磨萬擊還堅韌，任爾東西南北風。

破巖——有縫隙的岩石。

任——任憑。

爾——你。

夜歸憶臨舟女郎

王微

共春商略夜無眠，拾得閒愁在水邊。
倒似夢中曾見過，一枝春影倚寒煙。

商略——討論事宜。
閒愁——忽來之愁。
春影——美好的身影，指臨舟女郎。

高郵雨泊

王士禛

寒雨秦郵夜泊船，南湖新漲水連天。
風流不見秦淮海，寂寞人間五百年。

高郵—位於縣江蘇省，秦觀即為高郵人。

泊船—停船。

風流—詞藻文采。

秦淮海—宋代詞人秦觀字少遊，號淮海居士。

題秋江獨釣圖

王士禛

一蓑一笠一扁舟，一丈絲綸一寸鉤。
一曲高歌一樽酒，一人獨釣一江秋。

絲綸—釣魚線。

一江秋—情寓於詩，將整個秋景情懷收納於此。

十二月十五夜

沉沉更鼓急，漸漸人聲絕。
吹燈窗更明，月照一天雪。

袁枚

沉沉——聲悶沉重的樣子。
更鼓——夜間報時的鼓聲。
一天——滿天。

春風

春風如貴客，一到便繁華。
來掃千山雪，歸留萬國花。

袁枚

掃—掃去。
歸留—留下。

所見

牧童騎黃牛，歌聲振林樾。
意欲捕鳴蟬，忽然閉口立。

袁枚

振—因歌聲嘹亮迴盪在樹林間。

林樾—樹林。樾，樹蔭。

「**忽然**」句—怕驚嚇到蟬，因此突然閉口不唱歌了。以此寫出牧童的童趣之心。

立—站著。

論詩絕句 ◎四十二首選一

袁枚

不相菲薄不相師，公道持論我最知。
一代正宗才力薄，望溪文集阮亭詩。

元遺山——元好問，金末詩人，號遺山，著有《論詩》三十首。

菲薄——看輕。

才力——才華。方苞和王士禎重道學，嚴謹有序，然袁枚重靈性，故稱兩人能力稍遜。

望溪——方苞為清代文學家，晚號望溪，首創桐城派。

阮亭——清代著名文人王士禎，號阮亭，與蒲松齡為好友。

村居

高鼎

草長鶯飛二月天，拂堤楊柳醉春煙。
兒童散學歸來早，忙趁東風放紙鳶。

草長鶯飛—形容暮春三月的景色。
醉—沉醉在如此美景之中。
春煙—一片春光爛漫。
散學—放學。
紙鳶—風箏的別名，相傳為墨翟所發明。

國家圖書館出版品預行編目(CIP)資料

天生我材必有用:少年讀古詩 /
周元白, 林庭安編選. -- 第一版. -- 新北市:
人人, 2021.02
面;公分. --(人人讀經典系列;27)
ISBN 978-986-461-233-8(精裝)
831 109021094

【人人讀經典系列 27】

天生我材必有用

少年讀古詩

編選 / 周元白・林庭安
執行編輯 / 林庭安
發行人 / 周元白
出版者 / 人人出版股份有限公司
地址 / 231028 新北市新店區寶橋路 235 巷 6 弄 6 號 7 樓
電話 /(02)2918-3366(代表號)
傳真 /(02)2914-0000
網址 / www.jjp.com.tw
郵政劃撥帳號 / 16402311 人人出版股份有限公司
製版印刷 / 長城製版印刷股份有限公司
電話 /(02)2918-3366(代表號)
經銷商 / 聯合發行股份有限公司
電話 /(02)2917-8022
第一版第一刷 / 2021 年 2 月
定價 / 新台幣 250 元
港幣 83 元

※ 本書內頁紙張採敦榮紙業進口日本王子 58g/m 文庫紙